IMAGINARIOS

IMAGINARIOS

Carlos Escamilla

Publicado por Eriginal Books LLC
Miami, Florida
www.eriginalbooks.com

Copyright © 2014: Carlos Escamilla
Copyright © 2014: De esta edición, Eriginal Books LLC

Pintura de la portada "Orígenes", Óleo. Carlos Escamilla

Primera Edición: octubre de 2014

ISBN-13: 978-1-61370-052-5

Índice

PRIMER IMAGINARIO   9

  ¿Quién escribe por mí?   11

  Orígenes   15

SEGUNDO IMAGINARIO   31

  La redención de un cuentista emigrante   33

  La sombra   40

  El cuento chino   42

  Free Falling   43

  Maid in Manhattan   48

  Inocencia interrumpida   49

  El amor mata en versos   50

  Identidad desconocida   54

  Un día cualquiera   55

  Arte urbano   63

  Hunter and flower   64

  Once Upon a Time in Miami   68

  El escapista   69

  El hombre que al final gritó auxilio   71

  Ilusión   80

  El sueño americano   81

  El cuento poético más tonto del mundo   82

El último acto 87

La consulta 89

TERCER IMAGINARIO 91

Catunga y paraíso 93

2 de noviembre 99

Face to Face 102

El diablo 105

El descuido 109

La bendición 113

Round Trip 118

El sicario 121

La luz no es 'free' para todos 123

Cuando obtenga la Green Card 125

Tiro al blanco 126

La radiografía 130

El concierto 135

I'll Be Back 140

Certeza 148

EL AUTOR 151

PRIMER IMAGINARIO

¿Quién escribe por mí?

¡Cuántos textos! Hay cientos de papeles dispersos a lo largo de la mesa. Es una montaña, una Babilonia interminable, una colección demasiado productiva para ser cierta. Pero, ¿serán míos todos estos garabatos?

Supongo que sí, porque yo reconocería hasta con los ojos cerrados mi caligrafía torpe y decadente aunque dicha maraña estuviera disimulada entre un millón de trazos. Es inconfundible mi forma retorcida de bosquejar los versos en las páginas, al punto que un poema mío puede ser magnífico metafóricamente hablando. Pero al final, en cuestión de estética visual, es un verdadero caos, como un jardín arrasado tras el paso de un rinoceronte de hierro.

Sin embargo, me pregunto, ¿quién escribe por mí. ¿Qué fuerza misteriosa guía mi mano con pulso firme de un lado a otro, a pesar de luchar por mantenerla quieta?

Va y viene, se entrechoca, se enreda, de arriba, abajo, se cruza paralela. Es bastante abrumador sentir que cada falange de mis dedos tiene vida propia, como si fuera una mano biónica adaptada a mi brazo derecho.

Se me ocurre pensar en muchas cosas para explicar este fenómeno que me aqueja, no obstante, hasta ahora no existe un indicio concreto.

Quizá podría tratarse de un padecimiento físico parecido al sonambulismo o a lo mejor puede ser un ataque severo de grafomanía. O peor aún, tal vez mi mano está poseída. ¡Sí, eso puede ser! Quizá en esos momentos de actividad poética vengan poetas de otras dimensiones a manifestarse a través de mi mano. Por eso mi poesía, por momentos, para la gente prejuiciada, suena un tanto desquiciada.

Confieso que imaginar esa posibilidad paranormal me estremece un poco, ya que en esos momentos de inspiración siempre termino al borde del vértigo. De alguna manera resulta sobrecogedor el hecho que alguien que ya no está en este mundo controle a su antojo mi pulso gráfico. Pero aún así me gusta el hechizo. Me gusta porque siempre quise escribir conceptos distintos a los que hago ahora. En otras palabras, desde que comencé, me hubiera gustado escribir un tipo de poesía, digamos más artesanal y menos quirúrgica. Más romántica y menos dramática, más seductora o más práctica. Moldearla, cortarla justo a la medida para que cada verso sea capaz de penetrar el alma.

Es curioso, de niño yo tocaba una lata de sardina que encontraba tirada en un basurero y de inmediato ese objeto inanimado se volvía un fantástico carrito de carrera. O arrancaba una página del cuaderno escolar y ésta despegaba de mi mano como si fuera un avión de guerra, sobrevolando los callejones decrépitos de mi barrio. ¡Con razón en ese tiempo no había lugar para la tristeza!

Hoy en día todavía me invade esa sensación eufórica, como cuando lanzaba un trompo contra el vacío, y éste, al contacto con la tierra, daba un par de giros violentos. Luego, magistralmente, gravitaba sobre su eje, como indicándome que ése era el camino exacto de las cosas. Pero después de unos minutos, caía de forma estrepitosa hacia un lado, como advirtiéndome que la poesía, a riesgo de toda consecuencia, tiene un precio que pagar y un propósito por el cual luchar.

He llegado a la conclusión que en ese tiempo mis manos, además de inocentes, eran mágicas. Incluso tiempo después, en la adolescencia, cuando trabajé como carpintero en mi país, todo era milimétrico, ya que centímetro a centímetro tenía que ir gastando los tablones de madera hasta lograr la medida perfecta. Luego de poner un clavo aquí y hacer un corte de serrucho allá, aparecía una obra de arte maravillosa: una silla, o una cuna donde empezar. Me daba igual si aparecía un ataúd para terminar, porque entonces la vida no pesaba tanto, como pesa ahora.

Viene otra vez. Mi mano comienza a escribir de nuevo sin control. De allí que si ustedes llegan al final, pueden encontrar por ejemplo, una jirafa a la que se le quiebran las patas y las vertebras y se convierte en una Z…

Orígenes

En definitiva todos llegamos aquí con un hueso atravesado en el alma.

Todos tenemos retos y aspiraciones, y por eso hay quienes con tal de alcanzar un sueño escalan montañas escarpadas.

Otros corren en olimpiadas.

Otros quieren ir al cielo y muchos brujos al infierno.

Otros quieren vivir en París o experimentar el transgénero.

O ser policías antidrogas o médicos.

Hay quienes bailan sobre una cuerda floja y hay quienes desafían los misterios del océano.

Pero yo, lo único que tengo que hacer para alcanzar el mío, es escribir un libro de cuentos en menos de un mes y medio. Pero, ¿cómo voy a lograr semejante hazaña literaria si ya estoy escribiendo a contratiempo?

Además, no soy narrador. Si acaso me acerco un poco a ser llamado pseudopoeta. Y para colmo, soy un pseudopoeta que se gana la vida como *handyman* en esta metrópoli saturada de bikinis, *paparazzis* y alfombras rojas.

Antes de seguir, debo aclarar que tengo 2037 semanas, 2 días, 10 horas y 9 minutos de ser poeta en esta vida.

Al menos eso creo.

Quiero decir, en estos días tan crudos e inestables, es de lo único que estoy seguro.

Por lo demás no soy nada, no tengo nada. Me refiero a las cosas incómodamente necesarias que dentro de la sociedad americana le dan prestigio a un hombre íntegro.

Me refiero a una casa, un jardín, un perro, un coche, una identificación que compruebe que yo soy quien digo ser. Mucho menos tengo una cuenta de banco o algún tipo de seguro médico, por lo que últimamente no duermo tranquilo. Es obvio que a medianoche un simple dolor de estómago me puede matar en cualquier momento.

Tampoco tengo un trabajo estable. No tengo internet (ni siquiera televisión). El teléfono me lo cortaron hace tres meses y para colmo, hay días en que no tengo absolutamente nada que comer, salvo por el galón de agua que siempre está esperándome en el fondo del refrigerador, y que en tales casos de ayunos forzados, de forma milagrosa, suele calmar los brutales arranques de mis jugos gástricos.

En realidad, confieso que antes no pasaba muchos períodos de inanición porque, al azar, me compré un cartón de huevos mágicos en el Family Dollar de un hindú y eso sustentó mi dieta alimenticia durante mucho tiempo. Dicen que es malo jurar, pero les juro que me comía tres en cada *lunch* y el cartón nunca se vaciaba.

Sin embargo, como todo lo bueno acaba, resulta que se lo presté a un amigo caído en desgracia y hasta el día de hoy sigo esperando que me lo devuelva. De todas formas está bien que él se quede con el bendito cartón mágico, porque la verdad ya me tenía harto lo de comer huevos a cada rato. Cada vez que me tocaba evacuar un gas, y más si se me aflojaba en medio de la gente, ya resultaba incómodo y bastante bochornoso el sonido característico del «pío, pío, pío». Es decir en cada pedo que me tiraba los pollitos casi salían caminando.

Por otro lado, no tengo muchos amigos y la verdad no quiero tenerlos, porque esto implica tener un equilibrio en cuanto a invitaciones a cenar, cumpleaños, regalos en navidad, etcétera y etcétera. Así que a pesar de vivir en un país con millones y millones de seres humanos de distintas razas y nacionalidades, yo vivo aislado en mis mundos imaginarios, y con mucha frecuencia me siento como si fuera un holograma obsoleto o peor aún, una vil réplica del hombre invisible.

Nací en el corazón del Valle del Aguán, al pie del enigmático cerro Pacura. Y digo enigmático porque bajo sus capas tectónicas hay un paradójico efecto de gravedad. Seré más especifico. Subir hasta el último pico es facilísimo, como si las pendientes pedregosas tuvieran escaleras eléctricas. Pero, para bajarlo, hay que hacer un esfuerzo sobrehumano.

Para que lo visualicen bien, imagínense ustedes subiéndolo tranquilamente en una bicicleta, sin necesidad de darle a los pedales, o mejor, imagínenlo como si estuvieran dando un paseo en la rueda de Chicago. Pero de regreso, les garantizo que se siente como si quisieran atravesar con las dos ruedas una piscina llena de *kola loka*.

Y como segunda confirmación de esta actividad gravitacional, si a mitad de camino, digamos por accidente, se les derrama una botella de Coca-Cola, el líquido no baja como sería lógico sino sube. Es más, cuando llueve a cántaros, las corrientes que se forman regresan inmediatamente al cielo.

Por eso no hay quebradas en el cerro.

Pero no crean que es un desierto, pues allí la vegetación es tan espesa, que cuando las ramas, llenas de musgo, se mueven excitadas por el viento, es fácil confundir los pinos con un grupo de abuelos acicalándose las barbas.

Quizá por ese motivo también es un lugar desconectado del GPS, donde, en medio de plantaciones interminables de banano, sobresale una pequeña iglesia colonial que, para la época en que yo vine al mundo, estaba rodeada de una veintena de casitas de barro, repintadas con cal, que al resplandor del mediodía, vistas desde un aeroplano, parecían las estatuas de Lot intentando escapar de Gomorra.

Dicen que fueron muchos los antropólogos y aventureros que descendieron al fondo del valle pensando que los bultitos blanquecinos eran las mujeres de sal, que tanto buscaban desde los tiempos bíblicos. Pero al bajar, solo hallaban un caserío fabricado con varitas de marrajabón y emplastes de barro blanco, atravesadas singular-mente por caminitos polvorientos, que a su vez servían de autopistas interestatales.

Uno de los aventureros que sucumbieron a ese hechizo irresistible del valle fue una intrépida mujer que aterrizó su aeroplano en el camino más recto que divisó desde las alturas. Luego de maniobrar entre una nube de polvo, gallinas revoloteando en total desorden y perros que aullaban sobrecogidos por el ruido de los motores, partió al cabo de unos minutos de cruzar unas cuantas palabras con aquel grupo de indígenas, que hablaban un dialecto incompresible y que andaban vestidos con calzones de manta y sombreros de paja. Y que por medio de señas la despidieron, agitando las manos como advirtiéndole que volar es un privilegio exclusivamente de los pájaros.

Supe muchos años después que Amelia Earhart se perdió en el Pacífico, y me pregunto si fue ella la misteriosa aeronauta que, de casualidad, paso un día por uno de los lugares más olvidado del cosmos. Ese lugar, por si alguien quiere buscarlo en Google, se llama: «OLANCHITO».

Con una posición privilegiada, que lo protege de inundaciones y huracanes, Olanchito es un sitio con ciertas particularidades, pues aquí los burros están a la altura de los BMW importados, por lo tanto rebuznan a su antojo por la calle principal. Donde, después de tantos años, tenemos por fin un semáforo y justo en el momento que la luz se pone en rojo convergen autos, carretas de caballos, perros vagabundos y algún que otro chancho extraviado.

Donde una vez al año tenemos una misteriosa lluvia de iguanas, que caen del cielo directamente en las sartenes hasta el borde de manteca hirviendo, que ponen los vecinos en los patios y aceras para disfrutar de tan inusitado banquete celestial.

Donde las vacas son híbridas y por lo tanto producen 10 galones de café con leche por teta, al tiempo que los perros se toman la leche y dejan el café sobrando en la bandeja.

Y donde, probablemente, hay más poetas por kilómetro cuadrado que en cualquier lugar del planeta. Este quizá sea el dato que más les interese, debido a que no es mi intención hablar de historias sino de poemas.

Desde 1530, según cuenta la leyenda (o las malas lenguas), desde ese entonces hasta la fecha actual, como una inexplicable tradición, o como una maravillosa maldición diría yo, en cada casa de Olanchito, por humilde que sea, vive un poeta. Es más, se dice, que si una mujer quiere parir un hijo poeta, simplemente tiene que buscarse un marido que sea de Olanchito. De esta manera, está garantizado que a la hora del parto el hijo no vendrá llorando, como suelen hacerlo los recién nacidos en otros pueblos de la tierra, sino cuando llegue el momento tan esperado, la criatura vendrá recitando de memoria por lo menos los versos de Neruda.

Nadie sabe a ciencia cierta cómo ni cuándo comenzó esa curiosa proliferación de cantores. Yo me quedo con la versión de cuando William Guillermo Moore —un piadoso misionero británico que solo se alimentaba de huevos de iguana— era párroco en el Departamento de Olancho.

Durante la celebración de la misa de Pascua y después de llamar a las autoridades al arrepentimiento públicamente (para que no siguieran apoderándose ilícitamente de las tierras de los campesinos) aseguró en el sermón que Jesucristo iba a volver pronto a la tierra para castigar a todos los pecadores, en especial a los usurpadores de la tierra ajena. En está ocasión, sin embargo, en vez de ángeles, bajaría de las nubes rodeado de extraterrestres.

El alcalde y el jefe de la policía, que ya lo tenían por loco, porque todas las prédicas eran rimadas a manera de poesía, aprovecharon la ocasión para librarse de él de una vez por todas.

Con el pretexto de que el viejo había cruzado los límites de la cordura quisieron lincharlo allí mismo en pleno púlpito. Por suerte, algunos seguidores que lo idolatraban, porque lo tenían por un gran profeta, lograron sacar al bienaventurado por la puerta trasera de la capilla.

En medio de una terrible oscuridad, emprendieron una gran estampida, que incluía perros, gatos, gallinas, patos, niños somnolientos, cucharas de palo y ollas de barro, en fin, salieron con todo lo que pudieron cargar en el desbarajuste nocturno en busca de la tierra prometida.

Fue así que un anochecer y después de un largo viaje entre quebradas serpenteantes y cordilleras interminables, se encontraron terriblemente exhaustos, frente a un imponente cerro de pinos majestuosos. Justamente en el momento en que la luna llena aparecía tras la copa de los árboles, el contraste de los pinos a contraluz bosquejaban, sin duda alguna, la cresta de una portentosa iguana.

El padre Moore intuyó que aquello era una señal divina y, para asombro de todos, cayó de rodillas ante el maravilloso espectáculo de ver la semejanza del cerro con la cabeza de una iguana dormida. Entonces elevó una plegaria al Señor y dijo que justo allí, enfrente del imponente cerro, levantarían un «Olanchito», es decir, un Olancho chiquito.

—Es un diminutivo —les dijo. Aunque ellos no entendieron a qué se refería, desempacaron lo poco que habían logrado llevar a cuestas. Cuando los feligreses le preguntaron cómo se llamaba el cerro, sin dudarlo, el cura se santiguo tres veces y dijo un nombre que no tenía sentido, pero según él se escuchaba muy poético: «Pacura», es decir, una composición fonética de PA: para recordar el Padre Celestial que los había llevado hasta ese lugar maravilloso, y CURA: por servir él mismo como instrumento divino.

A partir de allí, hubo una sucesión de eventos que dieron paso a una serie de crónicas que hasta el día de hoy se interpretan como verdaderos milagros. Por ejemplo, se decía que todo niño que naciera en Olanchito sería poeta. Y que todos tendrían la misma fascinación por la carne de iguana (en especial por la del macho), por lo que, independientemente de donde estuvieran viviendo, serían conocidos en el mundo entero como los «come jamos».

Cuando el cura murió, no tuvieron más remedio que enterrarlo adentro de la iglesia porque, para sorpresa de todos, cuando intentaron sacar el tosco ataúd hacia el cementerio municipal, éste se volvió tan pesado que ni una pila de 50 hombres al punto del desmayo podía levantarlo. Lo curioso era que conforme regresaban unos cuantos centímetros hacia dentro del reciento sagrado, el rudimentario objeto mortuorio pesaba menos que la pluma de un gallo. Entonces los condolidos habitantes del caserío comprendieron que quizá el difunto no quería ser sepultado en otro sitio, y allí mismo, tras el altar, cavaron el sepulcro.

Hasta la fecha de hoy no se sabe si fue una simple coincidencia o fue un perfecto augurio de su santidad, pero en el preciso momento que la última palada de tierra caía sobre el cajón y, a pesar de que el cielo se mostraba limpio en ese día caluroso, de pronto empezó a caer una lluvia de iguanas azules, que se ha repetido año tras año para la misma fecha, sin explicación lógica ni científica.

Para terminar de dar testimonio de que el muerto era más que un hombre santo, se escuchó una especie de gemido que hizo temblar el valle entero. La gente empezó a creer fervorosamente que, en efecto, en el Pacura vivía una gigantesca iguana y que la punta de la cola empezaba justamente en la tumba del difunto y la cabeza terminaba en la punta del cerro. Lo más aterrador era que los viejos rumoraban que, cuando llegara el fin del mundo, la iguana iba a despertar de su estado monolítico para aplastar a los impuros de corazón.

De niño estas historias me horrorizaban, luego el recelo se convirtió en risa incontrolable y por último en una metáfora malsana porque esa teoría la verdad para cualquier mente coherente suena bastante descabellada.

Sin embargo, después de leer ciertos libros raros y también después de ver algunos documentales en Discovery Channel sobre seres reptilianos invadiendo la tierra, pues ya no estoy tan seguro. Así que, por las dudas, para el 2012 fecha en que supuestamente las profecías mayas aseguraban que se iba a perder el mundo, yo estaba dispuesto a hacer todo lo posible por no estar viviendo cerca de esos lugares, no fuera a ser que esa terrible lagartija, despertara como Godzila en el centro de Manhattan y terminara aplastando Olanchito, como si fuera una delicada alfombra de vidrio.

En este punto creo que sería injusto para ustedes y muy patético para mí hablar de mi infancia, porque al final el presente es lo único que importa ¿o no? No obstante, cabe decir que soy el menor de siete hermanos. Mi madre murió en una casita desvencijada, supuestamente con un sapo atravesado en la panza, a causa de una venganza de hechicería, culpa de los amoríos de mi padre con una mala vecina, cuando yo tenía nueve meses de nacido.

Mi padre fue un borracho empedernido, que nunca nos dedicó tiempo, respeto o cariño. Por el contrario, su presencia era como un espíritu oscuro que en vez de amor nos provocaba miedo, angustia y vergüenza, mucha vergüenza. Es duro tener que decir algo así de un padre, pero por ahí ustedes pueden sacar la conclusión de cuantas limitaciones tuve que enfrentar.

Y hablando de carencias, ¿ya les conté que a duras penas pude terminar un año de secundaria? Esto puede parecerles una vil mentira para un poeta que pretende ser escritor, pero es cierto. Curiosamente, como si ésta fuera una ironía de las tantas y miles que tiene el destino, las clases que nunca pude aprobar, y por las cuales tuve que abandonar irremediablemente mis estudios, fueron español y artes plásticas.

De todo corazón les digo que no pretendo llorar miseria, pero sí fueron tiempo muy difíciles, aunque no me arrepiento de haberlos experimentado, pues créanlo o no, la miseria lo vuelve a uno más creativo, más sensible, y hasta más humano. En esas deplorables condiciones se llega al nivel más bajo material, emocional y lógico espiritual y es allí, en esos tres puntos equidistantes de la razón colectiva, donde hay mucha sabiduría.

Espero no lo tomen a mal, pero yo me río cuando un escritor o poeta de saco y corbata quiere describir la vida con evidencias de causa y efecto, cuando en realidad nunca ha dormido en la calle sobre un pedazo de cartón ni ha tenido que comer todos los días como se dice vulgarmente, mierda.

Hoy vivo a seis cuadras del *downtown* de Miami, en un pequeño apartamento en el que apenas caben mi corazón y mis delirios. De verdad, es pequeño. Tan pequeño que solo puedo extender el raído colchón cuando ya he cerrado la puerta. Y a consecuencia de que todas las cosas están revueltas de aquí para allá, lo más probable es amanecer con un pie adentro de una olla, o con un pincel atravesado en las costillas, o con una oreja corroída por una rata o una cucaracha. No obstante, este reducido espacio semejante a un nido perro, me sirve de cuarto, taller y estudio al mismo tiempo.

¿Qué más puedo pedir? Tengo mis dificultades es obvio: un lienzo por aquí, una página por allá, un zapato, un escupitajo en la pared… en fin. Pero aquí, de alguna manera soy feliz. De hecho, después de muchos tropiezos, estoy dándome a conocer como artista plástico en ciertas galerías. Ah, disculpen, creo había olvidado mencionarles que a la vez soy medio artista plástico, por lo que supongo estoy en el camino correcto.

Claro, nunca falta quien me desinfle diciendo que estoy loco, que sea realista, que cómo diablos voy a llegar a ser un buen escritor o pintor reconocido si ya parezco un mendigo. Y no ha faltado quien me diga que por vivir de farsas y simples ilusiones, yo no soy más que un reverendo pendejo.

No estoy casado, tampoco tengo hijos, pero si tengo una novia en Colombia con la cual virtualmente comparto todo mi tiempo libre: desde latidos, poemas, canciones y hasta afinidad sexual (69 disculpen la aclaración), experiencias paranormales y mantras esotéricos... Y eso es precisamente lo que más gusta de ella. Lejos de asustarme, más tardo yo en tener un dolor de cabeza que ella en sentirlo. Es decir, a pesar de la distancia, estamos conectados de una manera increíble, a tal grado que ella en Colombia se toma las *Advil Liquid Gel* y acá en Miami desaparece mi dolor de muelas. ¡Así de fácil; el amor es mágico!

Por otro lado (mi Brujita) como cariño-samente le digo, me ha servido como fuente de inspiración porque su vida ha sido un verdadero tormento y sin embargo sigue luchando contra todo. Quizá, por esa razón, ella se ha convertido en el centro de mi corazón, al punto que cada día nos atraemos más y más y más y más, como si fuéramos los polos opuesto de un imán gigantesco.

Por cierto, ya sé que no viene al caso mencionar esto, pero muy pronto pienso viajar a Cartagena, para ir a ponerle «siquiera» unos 14 pares de gemelos. Lo mejor es que con mi Brujita tengo triple garantía, porque si los gemelos no me salen poetas, o pintores, tengo la absoluta certeza de que por lo menos van a salir vallenateros o en último caso, psíquicos.

Bien, creo puedo seguir hablando y hablando sin parar. No obstante, debo reconocer que esta fábula no está bien escrita, porque la directora ejecutiva de Eriginal Books, quien me invito a participar en su proyecto de cuatro cuentistas latinoamericanos, me especificó claramente que tengo que escribir un libro de cuentos y no una especie de minibiografía. Y peor aún, una biografía de un poeta al que nadie conoce. De manera que empezaré a escribir como se supone debería haberlo hecho desde el principio, para ver si ustedes logran entrar en mis mundos imaginarios y yo entrar en la Feria del Libro.

SEGUNDO
IMAGINARIO

La redención de un cuentista emigrante

Llegas hasta la camilla con esa ligera sensación de que eres un traficante. Te acuestas, te relajas para que ella fluya con solvencia y allí va el pinchazo.

«¡Fuck, falló otra vez la maldita enfermera!».

Eres un caso triste o complejo, o mejor dicho eres un dígito. Desde que llegaste a éste país, eres solo el tipo que da la clave por teléfono.

Una, dos y tres… y ocurre lo mismo. Al principio se atoran como camellos bíblicos en la entrada del minúsculo orificio. Luego, las gotas pasan una a una por el ojo de la aguja que pende del catéter. Después, el pequeño torrente sanguíneo se desliza con fluidez por la manguerita transparente que como un vampiro biónico chupa además del liquido vital —la vida, el tiempo, la cordura, mis sueños de artista a loco y de pintor a poeta —hasta llegar al remanso donde todo se conjuga en una plasta violácea, que siempre convulsiona mi espíritu en un mortal orgasmo de metáforas y visiones.

Nadie llama para preguntar cómo estás. A nadie le interesa cómo vives, qué comes, dónde duermes.

Viene el verano y debes mandar para que vayan a refrescarse a la playa, mientras uno trabaja arriba de un techo con temperaturas que sobrepasan los 100 grados.

Vienen las fiestas patrias y tienes que mandar para que allá puedan exaltar el patriotismo, comiendo y bebiendo a su antojo. Entretanto acá, para toda una semana te la arreglas con una sopa Maruchan o una lata de sardina.

Vienen bautizos, carnavales, día de reyes, cumpleaños: los primos, amigos, vecinos, sobrinos… Y tienes que mandar para que compren el teléfono más actualizado, para el pantalón mas *cool*, incluso para ir a ver un simple partido de fútbol. De evento en evento, la lista se vuelve interminable. La idea es mostrar a la sociedad latinoamericana que por algo ellos tienen un familiar trabajando en el extranjero. Eso sí, no te atrevas a preguntar en qué se gasta el dinero. Lo tuyo es mandar cuantas veces exijan y prepararte para el próximo envío.

Dirán que exagero, pero cuando vives ilegal todo el tiempo estás *under pressure*. Tanto, que a veces ni siquiera puedes hacer nuevos amigos en Facebook porque si le das un *like* a la nueva amistad y no le das *click* a la foto de un conocido, seguro van a pensar que ahora eres un engreído.

Rasputín es un pintor talentoso que vive bajo los puentes. Tiene ocho años de vivir rebuscando en los desechos de McDonald's, pues su traje salpicado de orina y *ketchup* lo margina de un agente artístico. Es verdaderamente un filósofo. Cuando nos encontramos siempre me recuerda: «La poesía conmueve, pero no da dinero». En cambio, una novela tiene más opciones. Con ella puedes ganar un concurso sustancioso, como el de Alfaguara por ejemplo.

Pero, ¿cómo puedo escribir algo fascinante que cautive al jurado del concurso desde el primer instante —y que posteriormente el libro se convierta para la editorial en un éxito financiero— si mi escaso intelecto no me da para tanto?

¿Sobre qué debo escribir entonces?

Mientras mi sangre avanza, como una serpiente líquida, desde mi brazo izquierdo hasta su nido plástico, que cuelga sobre mi cabeza, me pregunto si en estos tiempos tendría impacto una novela como *Viaje al corazón de la tierra*. Tal vez pueda hacer algo sobre balas y misterio como *Ángeles y demonios*. ¿O tendré que crear un personaje inmortal como Frankenstein o Dorian Grey? ¿O será mejor repetir una historia de amor eterno como *Romeo y Julieta*?

Tal vez pueda intentar una maravilla esotérica como *La divina comedia*. O, una supremamente extravagante como *El Codex Gigas*. ¿O será que para lograr mi objetivo, simplemente tengo que sentarme a llenar páginas tras páginas, con miles de poemas románticos, y poner entre versos pequeños mensajes subliminales? Así mis versos podrían penetrar el subconsciente de 7,000 o 15,000 lectores. Según tengo entendido, aquí en Miami se dice que un *best seller* se hace a partir de 5,000 ejemplares vendidos, en adelante.

¡No sé!

En realidad, no tengo la más mínima idea de cómo se puede lograr eso. Sin embargo, por absurdo que pueda parecer, éste es el principio de un libro. Ya casi está terminado. Lo curioso, es que aún no sé sobre qué estoy escribiendo. Solo sé que lo estoy terminando y que, tarde o temprano, voy a colocar el punto final cueste lo que cueste.

Desde que tengo uso de razón, siempre me ha invadido la irrevocable certeza de que he nacido para ser alguien diferente.

No nací con facultades extraordinarias. No puedo derribar edificios con los puños como *Hulk,* ni puedo leer la mente como *Kalimán*, ni tengo rayos infrarrojos para derretir tanques de guerra con el fulgor de mis pupilas como *Superman*. No obstante, en el fondo de mi pecho siempre sentí que tenía algún tipo talento escondido, o quizá, cierto grado de sensibilidad, que me da una perspectiva diferente a los demás en el mundo que me rodea.

En cada contracción de mi mano, el nido de la serpiente se infla más y más y más. Y yo sigo desvariando.

En mi infancia, nunca tenía un lápiz con punta fina para escribir en la bolsa plástica que usaba de bolsón para ir a la escuela. Generalmente por las tardes, cuando me venía la inspiración, o más bien la nostalgia, agarraba del fogón un pedazo de carbón y con él garrapateaba torpemente en el rostro de las mesas (ante la protesta de mi hermana María). Eran frases indescifrables que luego ni siquiera yo entendía debido a mi pésima caligrafía. Pero ése era un claro indicio de que en cierta forma estaba llamado a ser escritor.

Luego, inspirado por esos frecuentes arrebatos de metáforas que se conectan de mi pecho al cerebro, como libélulas eléctricas, comencé a escribir.

«Escribe con sangre y aprenderás que la sangre es espíritu».

«Bebed porque éste es mi cáliz…» dijo el humilde carpintero.

Bram Stoker condenó a la oscuridad por ella a Drácula y hubo sangre derramada por diamantes tanto en Sierra Leona como en Normandía.

A mi manera, pero yo escribía.

En este punto desvarío como un científico-neurólogo-biólogo-político-borracho, con frecuentes arrebatos de esquizofrenia.

De esa manera, se fue alterando mi conciencia en una colosal batalla entre carne, verbo y espíritu. Empecé a cambiar mi forma de ver la vida y el mundo. Para mi sorpresa, mis pensamientos iban adquiriendo mayor trascendencia al punto de cuestionarme: ¿por qué debo escribir? ¿Por fama, gloria o fortuna?

Las tres cosas son magníficas. En mi opinión, es lo que la mayoría de los escritores quiere lograr. O por lo menos, buscan consolidarse con una de ellas.

Viéndolo bien, de las tres es mejor la fortuna, porque últimamente llegué a la conclusión que con fama o gloria no se come, ni se paga la renta. Y lo más trágico, no puedo enviar dinero a los demandantes que cada día se vuelven más exigentes.

Una vez más, el vampiro me exprimió mi brazo esquelético. Ahora soy un bagazo, la mitad de una naranja sin jugo. Recibo mi pago de la secretaria que me mira de pies a cabeza con ojos compasivos. Trastabillo y salgo a la calle como una marioneta con una pierna amputada.

Hay una llovizna ligera. Doblo la 12 avenida en busca del Western Union más cercano. Entonces la ciudad se desdibuja por completo. No sé si es el efecto de la lluvia que arrecia contra mi cara o simplemente estoy a punto de sufrir un desmayo.

—Señor, ¿usted va a hacer un envío?

Estoy a punto de un colapso, pero alcanzo a responder.

—Sí, soy A positivo.

La sombra

Hundía la pala sobre la tierra húmeda sin saber que estaba cavando su propia tumba.

Su rostro desdibujado por la lluvia demostraba la ansiedad de los zapadores recurrentes. Sus ojos delataban concentración y firmezas, sus manos crispadas en el resbaladizo cabo de la pala.

El enterrador no pensaba. Lanzaba la tierra por sobre su cabeza desde el fondo del agujero. No lo desesperan la lluvia ni el viento azotando sus espaldas encorvadas por el oficio. Ni frío ni luz en sus pupilas.

El enterrador mantiene su ritmo mientras empareja el talud agrietado por el agua, que forma pequeñas vertientes que por instinto adivina en la noche. Ha terminado. La fosa tiene la medida reglamentaria que aconsejan los expertos.

Lanza la pala hacia afuera. Coloca las manos en el borde del agujero. Comienza a salir deslizándose en el barro. Se yergue frente a la sepultura. Abre los brazos en cruz y su cuerpo se desploma dentro del sepulcro.

La sombra recoge la herramienta y con prisa ansiosa devuelve la tierra a su lugar. Con la pala sobre los hombros se aleja entre los húmedos mausoleos.

La lluvia ha cesado. No hay huellas de la sombra.

En su cama, el cuerpo, empapado de sudor, despierta. En sus pies hay barro y en sus manos las marcas de los inexpertos cavadores.

El cuento chino

«Había una vez un perro que vivía una vida de terror. Y aunque su panza estaba llena y sus dientes eran enormes, no tenía a nadie. Decidió entonces un día hacer un viaje a una tierra lejana, muy lejana.

»Una noche, cuando llegó a una cabaña de madera, con un anciano delgado que lo invitó a pasar, el perro estaba emocionadísimo, nadie lo había tratado en la vida de esa manera.

»Esa noche humo cálido salía de la chimenea, pero ¡ummm! Que olor perruno tenía el vapor que salía de la olla, porque estaban en China y en China, se comen a los perros».

El abuelo cerró de golpe el libro y le preguntó al nieto.

—¿Te gustó el cuento hijo?

El niño se seco las lágrimas que le chorreaban por las mejillas. Pasó la mano con ternura sobre el pelaje lustroso del animal, le frunció el seño al viejo y le habló a su mascota con su habitual *spanglish*.

—Mejor vamos a *watchar* las *movies Wolf*.

Y entró a la casa con su perrito en brazos.

Free Falling

La cuerda que pendía en el centro de la habitación lo esperaba como una serpiente al acecho.

El reloj con fondo de aviones militares, empotrado encima del respaldo de la cama, marcaba las doce en punto. Era la hora señalada.

Con gran dificultad, logró subir la pierna metálica a la silla y ésta, a su contacto con la madera, produjo un eco profundo, como el sonido de una campana repicando una melodía fúnebre bajo el agua.

No dejaba nada. Ni siquiera una nota explicando el motivo de su partida. «¿Para qué?» se había dicho. Si en esta puta casa no soy más que un maldito cojo.

Al volver, después de una eufórica bienvenida, que coincidió con la cena de Acción de Gracias, como buen veterano de la USA Army, recibió regalos y felicitaciones. Y estas acciones lo llevaron a pensar que había regresado al paraíso.

No obstante, una noche en que las pulsaciones eléctricas del muñón le laceraban hasta las raíces más profundas del alma, escuchó varios gemidos extraños en el cuarto contiguo.

Al principio, pensó que se trataba de su madre con sus berrinches fingidos por la ausencia del segundo marido, muerto de cirrosis hacía dos años antes.

Mas luego de agudizar el oído contra la pared, utilizando la misma táctica que usaba en el desierto, cuando se quedaban inmóviles durante horas esperando el más mínimo ruido que delatara la posición del enemigo, reconoció de inmediato aquella voz de perra en celo chillando obscenidades, en total frenesí, como le repetía a él en el oído cuando estaban compartiendo los momentos íntimos:

—Ay papi, métemela toda papi, ay papi que rico papi. Y así a golpe de lanza rota, que sin piedad mella el pecho, descubrió que su novia se revolcaba con su hermano gemelo.

Aquel descubrimiento fue devastador para el exsoldado. A tal punto, que en ese momento hubiera deseado que la bomba casera no solo le hubiera arrancado la pierna izquierda sino que mejor le hubiera arrancado la vida entera.

O mejor, el corazón en mil pedazos.

¿Por qué diablos no había muerto en la explosión?

Esa noche lloró con un profundo resentimiento, bastante parecido al odio metido entre las cejas. Y lo peor es que en los días siguientes que precedieron el episodio, ni siquiera pudo sacarse el gusano que le carcomía por dentro porque ahora simplemente no tenía con quien desahogarse. Su único amigo, Robert Labrador, compañero inseparable y confidente desde la infancia, había sido encerrado en una clínica de rehabilitación por abuso de mariguana sintética.

Durante semanas siguió descargando su rabia bajo la almohada sin lograr apaciguar su corazón amordazado.

Un poco después, descubrió que sus primos e incluso su hermana menor —mientras lo imitaban caminando torpemente con un paraguas a manera de bastón— jugaban el estúpido juego del pirata con pata de palo, que se encontraba una pila de mierda en vez de un tesoro.

Y hasta el abuelo, antes cariñoso y muy buena onda en todo momento, ahora lo llamaba «Antonio barba roja», y no podía determinar si era sarcasmo o desprecio.

Sobre eso, su madre no paraba de renegar porque nadie le colaboraba con la renta. Además, se quejaba día y noche por los gastos de los medicamentos, sobre todo por los antidepresivos cada vez más necesarios para aliviar la frustración del «cojo». Y la cantaleta llegaba hasta las sábanas, que todas las mañana amanecían embarradas a causa de la supuración de la extremidad perdida en batalla.

Y, para terminar de empeorar las cosas, del gobierno lo único que había recibido como recompensa por sus servicios en Irak era una pierna anticuada, que nunca aprendió a manejar con solvencia.

¡Si supieran cuanto extrañaba su M16 con el que fácilmente les hubiera reventado el cerebro a todos esos imbéciles que lo rodeaban!

Cuando se involucró en esa gran aventura, le habían prometido arreglar su situación migratoria para él y algunos miembros de su familia, a cambio de pelear en una guerra que no le pertenecía.

Y ahora estaba allí, haciendo equilibrio en la vieja silla de roble. Y era el vacío, la cuerda y su corazón en un triángulo perfecto que se fundía en la semioscuridad, a ritmo lento pero determinado.

Colocó la cuerda alrededor de su cuello y se dio por satisfecho al comprobar que el nudo (aprendido hacia un tiempo atrás en el club del los *boy scout* y luego reutilizado muchas veces en el ejército) apretaba lo suficiente como para romperse la tráquea.

Por un momento vaciló imaginando la reacción de su abuela ante la lengua a manera de corbata y los ojos fuera de lugar, balanceándose a dos pies por encima de las baldosas.

—Perdón abuela —sollozó.

—Pero no hay tiempo para arrepentirse ahora soldado —se repitió en voz alta. Cerró los ojos y de un brinco saltó directamente a los brazos de la muerte.

Hasta entonces se dio cuenta que no se había amarrado el pescuezo como había imaginado sino que se amarró la pierna ortopédica, de manera que rodó aparatosamente por el piso quebrándose en el acto la única pierna buena.

Maid in Manhattan

Cada vez que mira la estatua de la libertad, mientras pule con *Windex* los cristales del *penthouse*, esto es lo primero que piensa: ¡Carajo, pero si aquí estoy presa!

Inocencia interrumpida

«El unicornio es un caballo que lleva un caracol pegado en la frente con savia marina».

Escribió alguna vez, cuando solo era una niña pálida, asustadiza, de rodillas flacas y evidentes *braces* dentales.

Hoy, suplantó la poesía por la cocaína y su contacto con las letras es tan breve, que ni siquiera le ajusta para leer el orden en que debe ingerir los antidepresivos que, mes a mes, le prescribe el psiquiatra de la familia.

El amor mata en versos

Como si fueran dos figuras expuestas a contra espejo, ambos trabajaban concentrados en sus tareas, uno frente al otro.

La madre, trabajaba pegando varios recortes en las obras que expondría en el Pérez Art Museum Miami el próximo domingo 4 de julio y el hijo estaba terminando de escribir un supuesto poema amoroso que le daría a su novia como regalo de cumpleaños el día siguiente, a la salida del colegio.

Era casi la media noche.

La madre de vez en cuando interrumpía su labor para mirar sobre los espejuelos con profundo cariño el rostro de su hijo, quien encorvado sobre la mesa de vidrio no paraba de reír ni un solo momento. Tuvo la ligera impresión que lo que escribía su hijo con tanta pasión, no era un poema de amor sino más bien algo que lo estaba divirtiendo muchísimo.

De pronto, el rostro del hijo se volvió grave como si acabara de sufrir la punzada de algún dolor repentino y de su garganta salió un gruñido tan espeluznante que la madre gritó también horrorizada.

El muchacho, de un zarpazo, estrujaba el papel y lo lanzaba hacia cualquier lado con rapidez, como si fuera una lámina caliente que le estuviera soasando la mano. Luego, para su desconcierto, lo vio caer fulminado sobre un sillón negro.

La madre corrió hacia el cuerpo convulso.

—¿Hijo estas bien hijo? *Are you ok, honey?* —Pero el chico no respondía.

Desesperada, trató de levantarlo sosteniéndolo por debajo de las axilas, pero el muchacho era pesado. Además tenía ya el cuerpo rígido, frio y los labios se le habían pegados a los dientes, como si tratara de advertirle a la madre que escapara de algo maligno.

Lo que más sorprendió a su progenitora fue ver que sus pupilas habían desaparecido por completo. En su lugar, resaltaba un fondo blanco, como si en vez de ojos tuviera puesto en las cuencas juveniles dos huevos hervidos.

La mujer entre palabras entrecortadas, se preguntaba qué había sucedido, si unos segundos atrás el estaba tan feliz y ahora…

¡Claro, el poema!

Entonces buscó a tientas en el rincón donde vio caer el papel entre dos pares de zapatos y no supo porqué, pero cuando tocó la bola de arrugas, la invadió la extraña sensación de que algo más terrible estaba aún por suceder.

Lo agarró con mano temblorosa. Luego lo empezó a desenvolver muy despacio con la punta de los dedos, como temiendo que de allí adentro saltara un ser diabólico, o un perverso duendecillo, o algo parecido.

Cuando lo desenvolvió por completo, le bastó leer las primeras dos líneas para reaccionar de la misma forma que reaccionó su hijo, con la diferencia que ella aplastó el papel con ambas manos con repulsión, como si se tratara de un gusano repugnante.

Luego, poseída por una furia ciega, hasta ahora desconocida, agarró las tijeras con las que recortaba los materiales y recortó el poema en múltiples pedazos.

Cuando terminó de hacer el último corte, quedó parada en centro del reguero de papelitos temblando todavía, con las tijeras en la mano abriéndolas y cerrándolas con firmeza.

Quizá era miedo y tal vez, como el último rasgo de lucidez que tendría en esta vida, le pasó por la mente perturbada el numero 911.

Claro, ¿cómo había podido olvidarlo? Eso tenía que haber hecho desde el principio se dijo, «llamar los paramédico».

Corrió con dificultad con los tacones altos, pues en cada paso que daba, se enredaba en la felpas de la alfombra nueva.

No alcanzó a llegar a tiempo a su objetivo, porque a dos pasos de conseguir la mesita de noche donde yacía su móvil, se derrumbó pesadamente, como si fuera un fardo de ropa arrojado a seis pies de altura.

Ni el fiscal ni el juez pudieron encontrar suficientes argumentos para acusarla de asesinato. Aunque ella seguía sin poder hablar por la fuerte impresión, estaba claro que no sufría ningún tipo de trastorno psiquiátrico. Además, el ataque fue tan contundente que, según la necropsia del médico forense, no había forma de llevar a cabo semejante acto de brutalidad sin dejar indicios de haberlo cometido.

El hijo había muerto como si primero un gigante lo hubiera aplastado como gusano repugnante, y luego lo hubiera cortado con un par de tijeras en múltiples pedazos.

Identidad desconocida

El sabio Chuang Tzu se vio en sueños revoloteando de un pétalo a otro igual que una mágica mariposa y al despertar de aquel sueño singular, ya no sabía más quién era.

A mi hermano le pasó exactamente lo mismo. Solo que él soñó que era un emigrante que se colgaba de los vagones de un tren al que llamaban «la bestia». Entonces, de un momento a otro despertó irremediablemente en (Dallas) Texas.

Un día cualquiera

Despiertas con la terrible sensación de que te has quedado dormido. Y en efecto, la maldita alarma no repicó, por lo que deduces que no tendrás tiempo para tomar un café, mucho menos para ducharte. Apenas si alcanzarás a cepillarte los dientes, para disimular el sabor etílico de la noche anterior.

Para empeorar las cosas, cuando giras el grifo del lavamanos, solo emite un sonido ronco como el de un gallo cuando le aprietas el pescuezo para preparar un sancocho navideño. En resumen, no hay agua.

Entonces sacas una botella de agua del refrigerador para hacerte el tan necesario enjuague bucal, pero de inmediato lanzas una maldición. El agua fría entra directamente en la muela cariada y eso te produce un picotazo en la encía que resulta más doloroso que inesperado.

Sin verte en el espejo, te pones la única muda de ropa decente que encuentras en el closet. Luego, con torpeza, les haces un nudo extraño a las zapatillas. Deduces que más tarde será un verdadero problema desamarrarlas, porque en la prisa, les has hecho una especie de nudo ciego. Es posible que tengas que cortar los cordones para liberar tus pies sofocados cuando vuelvas de la oficina. Pero, por ahora, eso es lo de menos.

Sales a la calle y esta lloviznando. Eso no te molesta en lo más mínimo, porque tu auto está aparcado al nomas bajar las escaleras del segundo piso. Sin embargo, una vez dentro del coche, éste no enciende. Revisas. Le das y le das a la llave y ni siquiera crees que pueda ser la batería descargada, porque no emite sonido alguno.

Cierras de golpe el capó y decides caminar hasta la parada de autobús, porque no conoces a nadie en el edificio donde te acabas de mudar. Y lo de encender el carro en ese momento es una idea tan descabellada, como querer echar a andar el esqueleto de un dinosaurio.

Caminas hasta la esquina con pasos agigantados. Vas a cruzar corriendo al otro lado de la calle, pero te detienes de inmediato porque un auto tiene la preferencia y además el chofer viene derrapando en el pavimento húmedo con una velocidad que realmente te parece exagerada. El bólido pasa sobre un charco y terminas empapado de pies a cabeza. «Hijueput…». Pero no terminas la frase porque no quieres hacerte mala sangre desde temprano.

Miras el reloj de pulsera y aunque tiene la caratula medio opaca (porque es una perfecta imitación de un Rolex) consideras que aún tienes tiempo para regresar a cambiarte de ropa.

Vuelves al apartamento y, tal como sospechabas, tienes que cortar los cordones de los zapatos porque limpio, solo encuentras un pantalón estrecho que te queda arriba de los tobillos, y por otro lado, la camisa parece recién haber salido del galillo de un vaca, porque está tan ajada que más bien parece la frazada donde duerme el perro.

Sales de nuevo con tu atuendo extravagante. Con la diferencia que ahora sí llueve intensamente. Entonces echas a correr enseguida para no mojar los papeles que llevas bajo el brazo Pero apenas avanzas un par de metros, un dolor punzante te detiene a mitad de calle. Al parecer debido a la evidente inactividad física, acabas de provocarte en la cadera un desgarre del nervio ciático. Llegas cojeando a la caseta de espera.

Buscas refugio bajo el techo metálico, aunque rápido te das cuenta que ésa fue una mala idea. El olor a orine allí es tan penetrante que te marea, como si estuvieras absorbiendo una ráfaga de cloroformo. Además, tirado sobre la banqueta hay un borracho con una bomba de mocos tornasol que le cuelga grotescamente desde la nariz hasta el suelo por lo que retrocedes aterrado. La imagen es repugnante, al grado que tu estómago, desentonado por los tragos de la noche anterior, da un vuelco total y tienes que hacer un esfuerzo para no vomitar en el acto.

Viene el autobús, «ufffff» un verdadero alivio. Imaginas sentarte tranquilo y cerrar los ojos mientras el aire acondicionado te relaja a su antojo. Subes y allí te das cuenta que el cambio de pantalón fue tan vertiginoso que dejaste olvidada la cartera en el otro pantalón. No traes un dólar encima. El chofer ni siquiera acepta tus disculpas y te dice con tono más apurado que comprensivo:

—Avanza chico, eso sí, no te quedes aquí en la entrada, heee. ¡Ve hasta el fondo!

Das las gracias con humildad, pero entonces te vienes a dar cuenta que el bus va a tope. No cabe un alma más adentro. A trompicones avanzas entre la multitud, que tambaleante se mueve de un lado a otro, al compas de los movimientos del autobús, que torpemente esquiva los baches del pavimento.

Al final de todo el caos encuentras un pequeño rincón disponible. Te acomodas como puedes, pero no han pasado ni dos segundos cuando una señora gorda te da un tremendo empujón, que casi te hace irte de bruces contra la puerta de *exit*, porque te le has parado encima de un enorme callo que sobresale entre la reluciente sandalia color rojo. Te disculpas con una sonrisita tímida, después te aprietas hacia el fondo como buscando protección de la vieja ordinaria.

Pero no sabes que sea mejor, pues el aire acondicionado está apagado, y el vapor que sale de la muchedumbre es insoportable. La mezcla de olor a sobaco revuelto con verijas y perfume barato, acrecienta el sofoco. No obstante, te consuela saber que en la 12 avenida bajará la mayoría de los pasajeros. Pero no es así. Al llegar a la 12 avenida no baja nadie. Por el contario, suben una pareja de viejitos en silla de ruedas, por lo que los ocupantes de los asientos para discapacitados, tienen que levantarse y entrar a formar parte de la pelota humana que suda a chorros en medio de las protestas y los empujones.

Es demasiado. Sientes que no puedes más, pero quizá en la 17 avenida bajen unos cuantos pasajeros. De nuevo te equivocas. Es más, el bus pasa de largo pues nadie hala el cordón que indique una parada. Un pequeño respiro para ti. Por fin, en la 27 avenida el autobús queda casi totalmente vacío y justamente en ese momento se enciende el aire acondicionado. Sientes que para ti se abre un pedazo de cielo.

Respiras hondo, más bien suspiras agradecido. Te sientas en los últimos asientos y por fin decides que vas a llamar a tu compañero, para decirle que te aguante un poco y te dé un aventón al trabajo. Pero que joder, el celular no tiene nada de carga. Entonces cierras los ojos y te adormeces un poco intentando olvidar la creciente pesadilla.

Al cabo de unos minutos sales de tu confort momentáneo porque algo insólito está pasando.

Ocurre, que en el techo hay una enorme gotera y las gotas caen justo encima de la bragueta de tu pantalón, dando la impresión que te has hecho pis encima.

No solo eso, sino el asiento donde te sentaste, sin ningún tipo de precaución, estaba embarrado al parecer de mango maduro, haciendo más agravante la situación, porque quizá pueden llegar a pensar que tienes diarrea.

Sientes que vas a explotar, pero ya estás cerca de la casa de tu compañero; aunque nada te había preparado tampoco para tal decepción, porque su auto no está afuera del garaje. Eso indica que ya se fue de casa y por experiencia sabes que a esas horas debe estar concentrado en los informes que ambos tenían que presentarle al jefe esa mañana.

Entonces, allí mismo, decides regresar a casa de una vez por todas. A estas alturas te da lo mismo hasta llegar a perder el trabajo, y decides bajar en la próxima parada.

La bajada es toda una odisea. Con cuidado pones un pie al borde del autobús y vacilas para bajar el otro al pavimento, porque a causa del dolor en la espalda tienes la impresión que vas a resbalar sin remedio.

Como si fuera poco, encima de tu descontrol, descubres con incredulidad que te pusiste el otro par de zapatos al revés, por lo que la bajada se complica aún más.

No sabes que hacer en ese momento, hasta una voz burlona te obliga a moverte rápido:

—Apúrate cagón —grita el inconsciente desde el fondo del vehículo.

De inmediato estallan las carcajadas de los presentes, incluso del chofer, que en un principio te pareció tan buena gente.

Por fin bajas haciendo equilibrio y te quedas pasmado viendo la gran cantidad de autos que cruzan la calle en sentido contrario. El tráfico es fatal. Al parecer el semáforo de la esquina está funcionando mal, de manera que los conductores atascados en la enorme fila optan por la posición del más fuerte.

Aun así, decides cruzar, pues no tienes opción. Total, ¿qué más puede pasar en un día como ése? Además, supones que vas a conmover a los automovilistas con tu terrible apariencia de anciano derrengado y que al verte en tales condiciones, te van a ceder el paso. Pero no es así.

Al mismo tiempo que comienzas a atravesar, con el desorden de bocinas y frenazos que surgen en diferentes direcciones, empiezas a escuchar todo tipo de improperios, que mellan directamente tu dignidad familiar e incluso masculina. Los insultos van desde, «hey vos, pendejo, ¿qué te has creído?», pasando por «oye, concha tu madre», hasta «ñoooo, cojones, asere,

¿qué volada contigo?» o «¡oye muévete, come pinga, maricón!».

Por fin, logras cruzar la avenida. Y de la tremenda frustración, pasas a una furia ciega contra todo y todos. Así que decides que no vas a esperar el otro autobús sentado. Es una clara forma de autocastigo.

Aunque ya han pasado dos horas de estar parado en la misma posición, pierdes el control y sientes ganas de mandar todo a la mierda.

Y hasta allí, después de tantas peripecias, caes en cuenta que los autobuses ese día no corren de manera normal porque, simple y sencillamente, ese día es Labor Day.

Arte urbano

—Ahí viene la migra —escuchó gritar a alguien en la esquina.

Luego se oye el rebote ágil de sus pasos en fuga. Y más allá, el frenazo de un Lincoln Navigator también en fuga.

Y entonces, en su mejor *performance*, lengua, sesos, ojos, pelvis, esófago, riñones, dientes y un tobillo flaco todavía embutido en el zapato derecho… quedaron desparramados como una maravillosa obra surrealista sobre Biscayne Boulevard.

Hunter and flower

Llevaba todo lo necesario para que la cacería resultara perfecta. De siempre fue un cazador intrépido, a quien le bastaba un palo de escoba o un simple cortaplumas para doblegar cualquier tipo de fiera, pero esta vez, por si las dudas, iba más armado que un tanque de guerra.

—No vayas hijo, déjalo tranquilo —había dicho su padre antes de partir.

Pero él no lo escuchó. Había jurado cazarlo al precio que fuera y estaba dispuesto a conseguirlo, así tuviera que pagar su atrevimiento con su propia vida o, de ser necesario, seguirlo hasta el fin del mundo, sin darle tregua alguna.

Y ahora, después de acecharlo durante años, entre peñascos nevados y arbustos sombríos, por fin lo tenía al alcance de su fusil.

Con absoluta calma se apoyó el arma en el hombro derecho y se concentró en el corazón como punto de referencia: único lugar donde podía morir según las leyendas.

—Solo una bala de plata lo puede matar —comentaron los otros cazadores frustrados—, pero no es fácil de encontrar.

—Hijo, el no es un animal, solo es un hombre que ama la naturaleza —insistió la voz dentro de su cabeza—. Él es como un poeta, que ama ser libre y ha decidido vivir en paz con la naturaleza.

Pero el cazador no estaba de acuerdo. Es más, para demostrarle a su padre que se equivocaba, le hubiera gustado encontrarlo en un estado digamos más primitivo. Andando a gatas, con los dientes afilados similares a estacas, el hocico mal oliente, espumoso y sus garras, manchadas con barro y sangre humana, expuestas de forma siniestra a la luz de la luna llena.

Pero lo cierto es que el espectro no tenía esa feroz apariencia que aterrorizaba a todos en la región. Es más, a pesar de estar vestido con harapos, la presa daba la impresión de estar en perfecta armonía con todas las cosas del universo.

No supo por qué, pero le dolió reconocer a través del lente telescópico, que el monstruo parecía sonreír agradecido por las estrellas, por los ríos que bordeaban la montaña, por los pájaros y abejas que zumbaban a ras de las flores silvestres.

Por un segundo le dio la impresión que la bestia era un ser humano feliz y quizá, en un terrible momento de debilidad, sintió impulso de perdonarlo.

Pero no. Él no estaba allí para juzgar su fisonomía de rasgos apacibles. Él estaba allí para matarlo. De manera que contuvo la respiración, enrosco el dedo índice alrededor del gatillo y disparó.

La figura estaba tendida de bruces sobre un montículo de tierra. El cazador metió su bota bajo el vientre y lo empujó para ver cara a cara el rostro que tanto odiaba. El cuerpo al girar quedó boca arriba con los brazos abiertos, como diciendo en evidente lenguaje corporal, «yo te perdono hermano mío». Sin embargo, el cazador lo escupió con desprecio.

Lo primero que le llamó la atención fue ver el remanso de paz que había en aquel par de ojos grises. ¡Eran hermosos! En el contraste de la semioscuridad brillaban como dos pozos profundos llenos de peces multicolores y piedras cristalinas.

Sin embargo, lo impresionó más aún, el delicado hilo de sangre que brotó del orificio, como una serpiente líquida. Se deslizó por el torso desnudo y al tocar la tierra fría comenzó a enroscarse en sentido contrario a las manecillas del reloj.

Ante el asombro del implacable cazador, el pequeño pozo de sangre se convirtió en una flor.

El francotirador exhaló todo el aire caliente que había en sus pulmones. Se secó el sudor de las manos en la barba enmarañada, arranco la flor sangrante, que aún estaba enganchada al pecho esquelético y emprendió el camino de regreso a casa.

Al fin, había descubierto el secreto del hombre lobo.

Once Upon a Time in Miami

No logró ser actor de telenovelas.

Sin embargo, asume tan bien el nuevo papel asignado, que recibe un dólar con 55 centavos por doscientas latas achucharradas de cerveza.

El escapista

Tuvo el mismo sueño recurrente desde la infancia hasta alcanzar la madurez.

Todas las noches miraba su cuerpo flotando por los aires, como si no fuera suyo sino ajeno. En ese breve período de tiempo, le aparecían patitas peludas y alas pequeñas. Y su boca se volvía larga y cilíndrica, algo muy parecido a una trompetita.

Entonces, en esa posición inusual, era capaz de ver la ciudad desde arriba, y veía la copa de los árboles, los autos y la gente moviéndose como hormigas por las calles.

También aprovechaba su nueva identidad para chupar con deleite las frutas podridas de los mercados, las úlceras jugosas de la piel de los enfermos, los ojos llenos de mocos y lagañas de los niños de los barrios marginales.

Chupeteaba platos sucios y estiércol de gente y animales. Así, después de tanto revolotear de aquí para allá y de paladear toda clase de porquerías, caía tragado por un remolino interminable, hasta que despertaba en la cama con la nauseabunda sensación de haber sido en los espacios oníricos una mosca asquerosa.

A pesar de su padecimiento y a pesar de ser un estudiante poco menos que mediocre, llegó a ser alcalde de la ciudad. Nadie sabe qué fue lo que hizo, pero lo cierto es que lo logró. Quizá al tener en sueños una perspectiva diferente de la realidad, podía adelantarse a los sucesos, e incluso, llegar a los rincones más oscuros donde nadie más se atrevería a entrar.

Dicen que su historia es tan increíble que hasta se podría escribir un libro o hacer una película sobre todo lo ocurrido.

Lo trágico es que también dicen que en su período de mandato sufrió una recaída terrible y que por eso salió volando de emergencia para buscar un tratamiento efectivo en el extranjero.

Sin embargo, el médico que lo evaluó de su rara enfermedad, encontró de lo más normal su estado físico y mental, excepto que cuando le mencionó el supuesto desfalco municipal por el cual salió huyendo hacia Miami, el paciente se frotó las manos deliciosamente, como lo haría una mosca frente a una bandeja de heces fecales.

Claro, eso lo hacía mientras juraba, con los ojos llenos de lágrimas, que de todos los cargos que se le imputaban, él era inocente.

El hombre que al final gritó auxilio

—Dame un cortadito, dame un cortadito.

Solo necesitó repetir dos veces la misma frase para que la muchacha se moviera con la misma sincronización de un robot computarizado y le diera el cortadito sin cobrarle un solo centavo.

—¡Gracias! —dijo, mientras agarraba el vaso. Pero al primer sorbo—. ¡¿Qué te pasa?! ¡Me lo diste muy caliente! ¿Por qué no te quemas la cara con la leche para que sientas lo mismo que yo siento en la lengua?, estúpida.

Y en seguida la muchacha puso la cafetera en punto de ebullición, tanto que la espuma se chorreaba por los bordes de jarra. Entonces movió el cuello hacia atrás y, sin miramientos de ningún tipo, se derramó la leche hirviendo sobre los bucles oscuros que discurrían en su frente.

No lo perturbaron los gritos desgarradores de la muchacha que se retorcía en el piso como una posesa. Por el contrario, el hombre disfrutó aquella escena pavorosa con un placer indescriptible. Estaba fascinado con los mechones de pelo que se fundían en la carne en viva y al ver como las manos de la víctima, en su fallido intento por librarse de la emulsión penetrante,

71

empezaban a deformar la carne derretida como si estuviera preparando la masa para una pizza de pepperoni. Un ojo pasó a un pómulo, la nariz quedó entre los labios, una ceja cerca de la oreja. En fin…

—¡La máscara de *Halloween* perfecta, para ti, perra!

Por un buen rato quedó extasiado sobre el mostrador viendo la torpeza con que las compañeras de la empleada trataban de auxiliar, con paños de agua fría, la terrible quemadura. Esto, sumado a la impotencia del manager que maldecía sin parar, al no poder lograr la conexión directa, porque algo o alguien lo hacía confundirse de dígitos cuando marcaba las líneas de emergencia.

—¡Qué escena más patética, divertida!—. Y se reía.

Un tanto disgustado, se apartó, renegando consigo mismo de los curiosos que lo apretujaban y trataban de averiguar lo ocurrido.

Mientras saboreaba con pequeños sorbos el café, el hombre fijó la mirada en un pajarito blanco que, con sumo entusiasmo, recogía las migajas de pan que le habían tirado los clientes de la cafetería. Y entonces…

—Estréllate contra el carro policía, estréllate contra el carro policía…

El pajarito dio un par de brinquitos desconcertado, incrustó las uñitas en el pavimento para tomar impulso, batió las alas con fuerza, y, en efecto, se estrelló contra el vidrio frontal, con tanta violencia, que hizo saltar al oficial que en ese momento estaba chequeando cierta de información en la computadora.

Con el impacto, un chorro cubrió como de nieve el cristal y una franja rojiza se deslizó entre las plumas hasta llegar a humedecer el parabrisas del auto patrulla.

Ahora sí, con aires de autosuficiente, empezó a caminar entre los transeúntes. Era un viernes magnífico, había un sol rayando lo sublime, pues la radiante claridad inundaba todo detalle. Todo justo al alcance de sus ojos.

Mientras atravesaba Flagler Street, vio algunos ejecutivos hablando distraídos por celular; abogados entrando a la corte; trabajadores de la construcción cargando cajas pesadas de herramientas; empleadas domésticas subiendo y bajando apresuradas de los autobuses.

Caminó sin rumbo y quizá hubiera seguido divagando sin más prejuicio, de no ser que, por descuido, tropezó con un hombre que a duras penas se sostenía en un par de muletas, debido a una osteoporosis crónica. Era un emigrante ecuatoriano al cual solía ver por allí con frecuencia.

—Perdone señor —se disculpó el lisiado, inclinándose con un noble gesto de amabilidad. Pero el todopoderoso lo miró furioso. Sus ojos relampagueaban, y…

—¿Por qué no te partís los huesos del todo renco de mierda? Tal vez así dejas de joder.

Enseguida, el hombre soltó las muletas y cuando sostuvo todo el peso de su cuerpo de más de 280 libras sobre sus frágiles piernas, se le quebraron dulcemente, al unísono, como si fueran dos tubos de luz fosforescente golpeados contra una piedra.

Rió a carcajadas.

Convencido que su poder era real, caminó despacio hacia la parada de la ruta S, donde dos chicas rusas con pantalones cortos hacían alarde de su juventud, tomándose fotos mientras esperaban el autobús que las llevaría a las playas South Beach.

El mentalista las miró fijamente por un rato y les ordenó.

—Quítense la ropa, quítense la ropa…

Ahí mismo las turistas comenzaron a quitarse los pantalones cortos hasta quedar prácticamente desnudas, en medio de una multitud de hombres excitados, que miraban con deleite las diminutas prendas intimas que se ceñían alrededor de aquellos cuerpos bronceados.

No le quedaba ninguna duda que su experimento por fin había dado resultados.

Todo comenzó cuando encontró un folleto tirado en un asiento del *metromover* para desarrollar la fuerza mental. Siguiendo las instrucciones, colgó del techo una aguja con un hilo blanco, se sentó en posición de loto frente al espejo y se concentró durante horas intentando mover con la mente la aguja de lado a otro.

Los primeros meses fueron frustrantes, pero una tarde tuvo la impresión que la aguja se balanceaba levemente, así que entusiasmado por el reciente descubrimiento, se metió a practicar a tiempo completo.

Ahora, con el poder de la mente, podía dominar personas, animales e incluso cosas. Ya en más de una ocasión, a la distancia, había logrado quebrar botellas de vinos en manos de algún enemigo, o de gente que simplemente no era de su agrado.

Es día salió temprano del apartamento dispuesto a divertirse y también con el firme propósito de recoger algo de dinero para ajustar el pago de la renta atrasada.

Entonces la vio.

No media más de un metro y cuarenta y dos centímetros. Era enjuta, tenía la piel del mismo color de un pergamino, llevaba un extraño medallón, al parecer de oro macizo, con símbolos abstractos colgando del cuello. En el hombro llevaba una cartera que, aunque algo anticuada, le daba a su apariencia de momia andante un irresistible toque de elegancia, por lo que el mentalista imaginó que la elegida debía llevar mucho dinero.

La siguió por un buen rato, pues ella se movía despacio. Primero salió de la biblioteca pública. Atravesó la 1 Street del NW con dirección al *metrorail*. Cruzó el *gate* sin necesidad de usar el *golden pass*, pues las puertas mecánicas cedieron por sí solas ante su presencia. Tomó las escaleras en dirección al último piso, donde se suponía debía esperar la línea verde del tren que la llevaría al sur.

Fácil, muy fácil. No podía ser mejor. Solo el medallón debía valer mucho dinero. Y si él era capaz de controlar todo a su antojo, ¿qué no podría hacer con esa simple viejita?

Cuando el mentalista llegó arriba, no tuvo que buscar a la víctima entre los pasajeros que esperaban impacientes, porque presintió que quien ahora lo estaba buscando a él era ella. Lo supo, porque sintió el roce de una brisa suave en su espalda y cuando volteó, ahí estaba la víctima frente a él desafiándolo con una sonrisa macabra que adornaba su boca desdentada.

Esto no podía haber sido tan factible. ¡La presa siguiendo al león! Vamos a divertirnos un poco, pensó. Entonces, sin más preámbulos, clavo sus ojos en las pupilas de la viejita y empezó a entrar en medio de las cataratas que opacaban aquellos ojos negros.

Esta vez sintió cierta presión, pero aún así, su fuerza mental penetró el iris con solvencia. Después, entró en la retina y luego, pasó al nervio óptico, buscando los filamentos del cerebro. Pero allí, se topó con algo inesperado.

Dentro del cerebro de la viejita comenzó a fluir una especie de energía, que lo obligó a retroceder por el nervio óptico, luego pasó a la retina, después salió por el iris. Allí pudo notar que, de los ojos de la centenaria, salían algo así como dos chorros de fuego.

El mentalista optó de inmediato por la defensiva, pero su fuerza mental se proyectaba en forma de hielo.

Se produjo un choque. Las dos fuerzas se interceptaron en un punto intermedio y allí lucharon con intensidad por espacio de unos dos minutos, como si fueran cuatro serpientes etéreas intentando tragarse las unas a las otras.

De pronto, el hielo comenzó a gotear, claro indicativo que la viejita empezaba a ganar terreno. Hasta que el fuego entró en el iris. Después de la retina, pasó al nervio óptico y luego, ese torrente de energía llegó como una corriente de lava a su cerebro y entonces vio todo a cámara lenta.

Vio a la señora unos meses atrás dejando olvidado en el tren un folleto para desarrollar la fuerza mental. Y más atrás, la vio más joven en un cuarto oscuro rodeada de velas rojas mientras degollaba una gallina negra. Más atrás, adolescente, leyendo un libro sobre magia y alquimia. Todavía más atrás, la vio de niña hablando con un ente oscuro que solo ella podía ver, a pesar de estar sentada entre algunos miembros de la familia. Y seguiría viendo más atrás, de no ser por una voz decrépita que le ordenó con firmeza:

—Tírate a las vías del tren, tírate a las vías del tren…

El mentalista intentó sacar fuerzas de flaqueza, pero ya no había hielo. Y para entonces, vio aterrado como sus pies se movían hacia el borde de la rampa, a pesar de que él les ordenaba quedarse quietos.

Era inútil, no podía controlar los movimientos involuntarios de su cuerpo y ya a punto de caer, a manera de sentencia, sintió la vibración del tren entrándole como un hormigueo inquietante bajo la suela de sus zapatos, lo que aceleró la palpitación de su corazón al máximo.

—Perdón, perdón —gritó—. No lo vuelvo a hacer.

Pero el tren se acercaba a gran velocidad y la fuerza mental de la viejita aumentaba.

—Tírate al tren, tírate al tren—... y entonces, el mentalista, con evidente impotencia, saltó aterrado hacia las vías eléctricas.

Según algunos testigos, para cuando recibió la primera descarga de los rieles magnéticos, el hombre todavía pedía auxilio. Pero ocurrió que, ya en ese momento, no había nada más que hacer, porque la punta del tren estaba a menos de veinte centímetros de su cabeza.

Ilusión

Por mucho tiempo fue el dueño indiscutible del record de la patada más alta en Latinoamérica.

Luego, alguien le aseguró que en los Estados Unidos ganaría mucho dinero con el manejo del *taekwondo*.

Ya han pasado varios años y no volvió a saltar.

Por el contario, cada vez que se agacha a pegar un ladrillo, le cruje la espalda y, desde el fondo de su alma, maldice a Nueva York.

El sueño americano

Siempre imaginé que después de cruzar la línea, como por arte de magia, comenzaría a hablar inglés perfectamente. Y que un Mustang descapotable, lleno de rubias con senos espléndidos, me estaría esperando del otro lado de la frontera.

Confieso sinceramente que eso yo creía.

Sin embargo, después de tanto trabajar por años como un animal, pasando desde albañil a lavaplatos y hasta recogedor de caca de perro, apenas tengo una vieja bicicleta que compré por tres dólares en un *garage sale*.

En cuanto a lo demás, aún no sé qué responder cuando en la fila del cine una chica rubia me pregunta:

—*May I help you?*

El cuento poético más tonto del mundo

Alguien que leyó este manuscrito me dijo que yo soy el némesis de los cuentistas sensatos. Un tridente, o más bien una pústula que los críticos deberían curar de inmediato.

Y no es que yo esté mal, tal vez un poco discorde o imaginativo quizá, pero nada más.

De todas formas, creo que todavía no estoy parado en ese delicado punto de ir a visitar a un loquero. Considero que un tipo con ademanes de sultán garabateando notas mientras yo hablo pendejadas al ton sin son, acostado en su sillón, no es ninguna garantía que de allí en adelante las cosas se vayan a poner mejor.

Además, es indiscutible que existen terapias capaces de levantarle el ánimo hasta a un nostálgico moribundo. Yo estoy consciente que ese tipo de falacias verbales hacen que el espíritu del enfermo remonte las alturas como el vuelo de un águila majestuosa.

También acepto que ciertos brebajes herbolarios pueden devolverle al paciente un nivel aceptable de cordura, porque después de tomarlos uno queda fascinado (por no decir farmaco-dependiente-idiotizado), por el simple hecho de ver como el dedo meñique calza perfectamente en la fosa nasal, según la retórica de Terence McKenna.

Pero, ¿qué persona normal va a querer curarse de lo que yo padezco? Y esto no lo pregunto, ¡lo afirmo con vehemencia!

En cierta forma, todos padecemos la misma dolencia.

¿O es que acaso a ustedes no les tiemblan las fibras del corazón y el alma cuando el mar está en calma, y los barcos a la distancia se deslizan como hormiguitas patinando sobre un pedazo de hielo?

—Carlos *keep going, keep going.*

Y yo le preguntaba: «¿qué significa eso?».

—Para tener éxito en este país, hay que perfeccionarse en algo, hay que ser exacto —repetía mi maestra de inglés con insistencia.

¿Tendría que ser matemático yo entonces?

Al parecer todo apunta a que las matemáticas, hasta el momento, son la única ciencia exacta. Mas yo afirmo todo lo contrario. Pienso que hay una ciencia más precisa todavía y, aunque muchos no estén de acuerdo conmigo, la inconmensurable terminología a la que me refiero en este cuento se llama: poesía.

Si no me creen, piensen en esto: $1 + 1 = 2$. ¿Correcto? Eso quiere decir que si ustedes pasan por un Sedano's Supermarket y compran 1 cebolla + 2 tomates, + 3 pepinos y 4 libras de lechuga tienen suficientes ingredientes para hacer una ensalada fresca. Pero eso no es un manjar de reyes. ¿Cierto?

Yo en cambio en un poema sin necesidad de moverme de mi asiento, puedo extraer, cupuaçu de la selva amazónica, remolachas de la luna, cangrejos del mar Caspio, papayas de Malasia y piñas de Noruega, fresas de Holanda y dátiles de Persia. Con todo eso puedo crear un cóctel exótico de frutas con camarones capaz de satisfacer el paladar más exigente.

Y si les pareció estúpido lo anterior expuesto por mi persona, entonces sigan la dichosa fórmula del 1 + 1 y hagan, si se atreven, contra mí una guerra. O sea, sumen un soldado junto a otro soldado + otro soldado + otro soldado, y sigan sumando y sumando. Al final tendrán un ejército tan poderoso como el de los Estados Unidos, Rusia, China y Alemania con metrallas, torpedos y bombas nucleares juntos.

Les advierto que si yo, ante su avasallador ejército, decido defenderme con un poema violento, en un minuto los destruyo.

A través de un verso despalmado, a sus valientes soldados les rebano sin piedad el pescuezo. O les cerceno la nariz, las orejas y los huesos.

Pensándolo bien, para no hacerlos sufrir tanto, mejor con una metáfora bien aplicada los dejo tiesos como si fueran soldaditos de hierro.

Y si su ataque es aéreo, simplemente les relleno de pájaros ultrasónicos el cielo, para desviar el curso de los torpedos y que caigan en efecto boomerang sobre ustedes mismos.

Si en último caso deciden utilizar las bombas nucleares para eliminarme, estas excreciones infernales las agarro en mis manos cuando estallen y me las trago como si fueran hongos alucinantes.

Si luego insisten en mencionar algo más poderoso que la poesía, con figuras magnificadas como Dios o el diablo, permítanme decirles que aun así yo les gano.

Imagínense: Padre, Hijo y Espíritu Santo. ¡Aaah y pueden incluir también a San Pedro! Pero allí queda reducido su polémico argumento.

Yo en cambio, en una poesía, puedo inventar todos los dioses que quiera para que me sirvan a mi antojo: un dios para que me prepare un café con leche todas las mañana; uno para que me saque una costilla y me haga una *geisha* con labios de muñeca y caderas brasileñas; otro para que trasforme mi bicicleta en un Ferrari cuando agite los pedales; otro para que escriba mis poemas; otro para que me convierta en el mejor actor porno del mundo; y otro que al dormir haga levitar mi cama sobre el mar sin que las olas me mojen en lo más mínimo.

Creo que aquí estoy hablando tonterías, o mejor, redundancia sería la palabra correcta. Pero corríjanme si estoy equivocado, ¿acaso no es poesía pura cuando los Evangelios dicen, «hágase la luz», pero ¿hubo luz en los planetas?.

La misma conjetura se aplica al Big Bang, pues en medio de la nada ocurrió una explosión y de esa terrible colisión brotaron átomos, moléculas, monos, circos, tigres, perros, Groenlandia, Aristóteles, Italia, Buda, Pizarnik, orquídeas, vaginas, cervezas, pulgas, churrascos y Santa Claus, con sus paquetes de regalos y sus pulgosos renos. ¿Acaso esa extravagancia científica no es también poesía?

¡Ay no crean que me olvidé del diablo!, pues al diablo yo con un símil le pongo la cara de Busch o Hussein o de Fidel o de Obama si me da la gana. O le quito su famosa cola de arpón y le pongo en espiral el rabo de un ratón. Y mejor si le pongo el rabo de un ratón panzón y dormilón, para que la espiral gire y gire y gire. Así, el punto intermedio los induce a la sinestesia y cuando ya estén cayéndose como borrachos de sueño, yo podré llegar al final. Entonces diré satisfecho: «colorín, colorado, este cuento tonto se ha acabado».

El último acto

Le decían el mago porque en definitiva tenía el don de hacer magia a través de las palabras.

La última vez escribió hormigas y la H la M y la G cobraron vida en el cuaderno e, igual que una cruel marabunta, se le subieron por los brazos por el cuello y le entraron por la nariz y se le anidaron en el centro del cerebro.

Luego escribió pájaros y en seguida a la P, a la J, y a la S les salieron picos y plumas y en magnífica bandada despegaron de las páginas con un estruendo poderoso.

Después escribió arcoíris. Al instante, la A y la O y la sílaba RIS resplandecieron como naves espaciales, y ese impredecible destello estuvo a punto de cegarle las pupilas.

En consecuencia, siguió escribiendo:

muelle,

paraguas,

mares,

Himalaya,

tiburón, sandía, campana, escafandra…

y siguió garabateando y cambiando de una forma a otra, hasta que por alguna razón se le ocurrió escribir muerte.

Entonces se le arrugaron las manos y se le chuparon los pómulos y los pulmones.

Así lo encontró la policía cuatro días después en su apartamento.

La consulta

—De verdad lo siento mucho, pero no puedo atenderlo. Tiene usted el cáncer muy avanzado y no tiene seguro médico. Si no pudieron ayudarlo en el Jackson, mucho menos nosotros, aquí no hay presupuesto para eso. Así que…

El doctor hizo una pausa, como analizando el jaque mate definitivo, mientras hacía malabares con el bolígrafo entre los dedos.

—Le recomiendo que mejor vuelva a su país.

El hombre hundió la cabeza entre los hombros. Suspiró, metió las manos en los bolsillos. Fijó la mirada en la imagen de la Virgen de la Caridad que adornaba el *sign* de «clínica latina» y preguntó a su interlocutor con evidente tristeza…

—¿Y ahora qué hago doctor? Yo ni para comprar el pasaje tengo.

—¡Qué lástima! —dijo el médico.

—Si al menos tuviera usted una pistola…

TERCER
IMAGINARIO

Catunga y paraíso

Su costumbre era salir una vez por semana para ver qué había ocurrido de nuevo en el pueblo.

En uno de esos inusitados paseos, se topó con un grupo de gente harapienta que había migrado de cualquier parte.

Los recién llegados estaban durmiendo, acurrucados con sus hijos desnutridos, bajo ramas secas forradas con plástico, y pedazos de cartón prácticamente expuestos a la intemperie.

El anciano, caritativo por vocación y filántropo de espíritu, regresó corriendo con los ojos llenos de agua. Sacó la caja de madera que desde hacía mucho tiempo escondía bajo la cama. Empezó a hacer sumas, restas y divisiones por multiplicaciones. Con el monto total, que le dejaban las escasas ofrendas, el beato compró al par del cementerio, un lote de tierra y otro de pino ordinario.

Con eso realizó su mayor milagro.

Al día siguiente, con serrucho y martillo en mano, llegó acompañado por algunos feligreses al terreno. Se pusieron a medir, cortar y clavar el esqueleto de las casas. Cuando el proyecto estuvo terminado, después de rociarlas con agua bendita, el párroco llamó a su maravillosa creación: «La Resurrección».

No obstante, la gente más acomodada, en tono despectivo, le decía «las casitas del padre». Después, con términos más degradantes, pasó a ser «la catunga», «el infierno»…

Entre tantos nombres, a mí me gustaba llamarlo «el paraíso». Ese era mi barrio, un pedacito de cielo sobrepoblado, ya que en menos de una manzana de tierra hay 47 casas apretadas unas contra otras.

Las casitas asemejaban mucho a rudimentarios palomares. Estaban divididas por tres callejones principales, y el resto era una red de callejoncitos que le daban la estructura de un decadente tablero de ajedrez.

Como en un principio no había cercas para delimitar los territorios, uno sentía como si todos fuéramos una sola familia. Incluso los animales: Capullo, el perro del Ninja, obedecía cuando le silbaba Mario Pipa. Y las gallinas de doña Mirtila ponían huevos sobre la cama de doña Carlota sin ningún problema.

La vida allí trascurría de la mejor manera. A pesar que todos vivíamos casi en completa miseria, siempre había algo que hacer. Y los sucesos más pequeños se tornaban en verdaderas tragicomedias.

Un siete de abril, a medianoche, el barrio despertó sobresaltado por los gritos de Moncho Cargasanto.

—¡Está agarrando fuego la catunga!

Era verdad. La casa de Julia Cruz era una enorme pira de arriba abajo.

Muy consciente de la proximidad de la casas y de que la madera de pino en verano supuraba brea altamente combustible, los vecinos empezaron a vaciar sus casas por miedo a que el fuego se propagara de una a otra.

Y en el alboroto hubo quienes hicieron esfuerzos heroicos por salvar las pocas pertenencias que tenían… como Tuy, que sin saber cómo, levantó un ropero que apenas cabía por la puerta y lo llevó a más de seis kilómetros él solo.

O Napito, que se echó en hombros un sofá de casi 300 libras, aunque él solo pesaba 60. O Landó Quecha, que en la carrera por salvar un burro renco, se arrancó una uña del pie y no se dio cuenta hasta después de pasado el susto. Después tanto el burro como el dueño caminaban rencos.

El incendio era feroz.

Resultaban inútiles las cubetas de agua contra las lenguas de fuego, cada vez más intensas.

Raúl Urbina golpeó con violencia la puerta de doña Martina, encargada de la gastada manguera de bomberos que se conectaba del tubo principal.

Al cabo de 10 minutos, Urbina perdió el control, porque doña Martina salió semidesnuda, solo con una saya que le dejaba expuesta la parte de arriba. Cuando se dio cuenta que tenía la tetas peladas, se subió la saya de un tirón. Pero al hacerlo, se le miraban los calzones. Y si se la bajaba, se le miraban los pechos. Y si se la subía se le volvían a ver los calzones… Y subía y bajaba y subía y bajaba, hasta que Raúl Urbina explotó.

—Apúrese, no joda, deme la manguera que yo no le quiero ver las tetas.

Al día siguiente, los escombros humeaban.

Doña Julia y los vecinos, aún mojados, con la cara llena de tizne, buscaban algo que hubiera resistido la marea de fuego. Pero no había nada que recoger.

Todos estaban conmovidos por la tragedia, hasta que la hija mayor de la afectada encontró una enorme alcancía de barro, que se había resquebrajado a causa del calor:

—¡Mamá, si también se le quemó la coneja!

Y todos comenzaron a reír.

Esas cosas eran las que le daban un aire especial al barrio.

Recuerdo que las casas solo tenían una llave de agua potable. Allí la gente lavaba y también se bañaba sin pudor.

El agua utilizada caía en un canal de concreto, que recorría un largo tramo hasta desembocar en un pozo ubicado en la última casa de Oscar Sapo.

Nosotros aprovechábamos el desagüe para jugar a los barquitos, valiéndonos de la corriente. Éramos felices arrancándoles las hojas a los cuadernos.

Sin embargo, ése no era el único pozo.

Las casas no tenían servicios sanitarios. Los hombres cavaban pozos de nueve metros; luego colocaban una enrome plancha de cemento y sobre ella, ponían la armazón de tablones. Después le daban la forma final al baño.

Era algo sobrecogedor, porque cuando el pozo se llenaba, había que tener mucho cuidado cuando uno iba a evacuar el almuerzo. El retrete era un cajoncito de madera, con un agujero y una tapa redonda, para evitar que salieran afuera los vapores. Cuando los alimentos de segunda mano tocaban fondo, el agua salpicaba. La única manera de evitar salir con las nalgas llenas de aguas residuales, era soltar, cortar, pararse y poner la tapa lo más rápido posible, para no recibir el desagradable impacto húmedo.

Cuando el pozo se saturaba, había que cavar uno nuevo. Desarmaban la estructura y movían la enorme plancha de cemento.

Ese era el momento que nosotros esperábamos ansioso, porque bajo la plancha, salían miles y millones de ratas y cucarachas. Entonces llevábamos los gatos y las gallinas para que dieran alcance a cuanto bicho intentara escapar a las casas vecinas.

Una de las cosas que aprendí en ese ambiente fue la solidaridad y la camaradería.

Ocurría que por las noches nos reuníamos y elegíamos la casa donde ir a robar frutas. Una noche robábamos mangos donde Pil Chiquito. Otra, robábamos cocos donde Bu Girón. Y guayabas donde Marvín Mudo... Por tanto, nadie tenía derecho a molestarse: todos éramos ladrones y cómplices a la vez.

2 de noviembre

En cada paso que daba sentía como si anduviera caminando fuera de este mundo, quizá flotando en la luna o en Marte. Por eso los amaba.

Era maravillosa la sensación de dicha y placer que le trasmitían a mis pies desnudos aquel par de cueros rotos.

Lo único que me incomodaba era cuando me tocaba pasar por el taller de Jairo Lapo y los mecánicos en coro me gritaban: «adiós zapatos de boca perro, hoy va a llover, vea no te vaya a caer un rayo arriba de los remiendos». Y todos soltaban las carcajadas al mismo tiempo.

Los compré en la talabartería La Araña con mucho esfuerzo, por medio de una vecina que vendía arreglos luctuosos.

Ella vendía por el día y yo saltaba el muro del cementerio a medianoche y me robaba las coronas, que los familiares dejaban apiladas sobre las tumbas de sus muertos.

Ya en casa, con esa terrible eficacia que solo pueden dar los años de experiencia, le quitaba con solvencia el papel crepé que envolvía el armazón de metal. Al día siguiente, por unas cuantas monedas, le revendía los alambres pelados a doña Gladys para que hiciera las coronas nuevas.

Así logré ahorrar para comprar mi primer par de zapatos.

Eran magníficos, porque a pesar de estar acabados, cuando los lustraba brillaban más que las botas de un soldado. Yo los pulía con gran afán hasta dejarlos casi nuevos.

Para lograr tal efecto, y a falta de betún para darles lustre, agarraba el hollín que se pegaba bajo la lámina del fogón. Luego les untaba un poco de manteca de cerdo. Les untaba el hollín en varias capas con los dedos, y después, los tallaba con un pedazo de trapo, hasta dejarlos relucientes como dos espejos.

Brillaban tanto, que cuando caminaba me inclinaba un poco sobre ellos y me peinaba tranquilamente en su reflejo. ¡Por eso los amaba!

Lo malo era en verano, cuando regresaba de la escuela, pues el sol recalentaba la manteca y yo llegaba a la casa rengueando desesperado con los pies fritos.

Tenía sus desventajas usarlos también en invierno. Como ambos ya estaban rotos de extremo a extremo, yo los remendaba a mi modo con los alambres que me sobraban de las coranas robadas, pero el agua siempre los inundaba como si fueran dos *Titanic* heridos.

Debido a esa rudimentaria apariencia de alambres entrecruzado, me gané la reputación de «zapatos de boca de perro».

A mí eso de las burlas no me molestaba y siempre exhibía mis zapatos con una sonrisa colgando de oreja a oreja.

Hasta que una vez, en la clase de ciencias naturales, la maestra expuso el dibujo de una tormenta en el pizarrón. Explicó, con absoluta claridad, que los alambres expuestos en un aguacero repentino podían desatar la furia de los relámpagos.

Allí mismo, en plena clase, me los quité disimuladamente, y al salir de la escuela decidí abandonarlos en una esquina para siempre.

Face to Face

Escuché decir que la mamá de Hitler se arrepintió un segundo antes de abortarlo.

Que Atila, en su primera batalla, resbaló de la grupa de su caballo justo en el segundo cuando una flecha certera buscaba su corazón como blanco.

Que Tarzán quedó cuadripléjico porque se le acabó la selva en un segundo, cuando una compañía maderera le cortó el último árbol.

Que muchos emigrantes murieron asfixiados en la frontera porque los federales abrieron la puerta del furgón un segundo más tarde...

Y el mismo tipo de tragedia le pasó a Piru justo en el segundo en que yo decidí defenderme de él como un gato panza arriba ante la arremetida de un tiranosaurio.

Primero, me tiró de imprevisto desde la rama de acacia donde nos sentábamos a contar historias de terror todos los días cuando empezaba a caer la noche.

No conforme, se me fue encima bufando, con la misma insolencia de un toro bravo, porque nunca imaginó una reacción violenta de mi parte.

Piru era el más grande de todos nosotros, pues con apenas ocho años rayaba ya el 1.80 metro de altura, mientras que nosotros éramos un puñado de enanos desmirriados. Y más yo, que debido a mi extrema delgadez, por apodo me decían brazos de tocadiscos.

El golpe que me di al caer de espalda sobre las raíces fue tan brutal que la columna vertebral me pulsó igual a una lira de vidrio.

Dos segundos después, tenía las manotas de Piru como si fuera Jack el destripador a punto de apretarme el pescuezo.

Fue allí cuando comprendí que el asunto era serio.

Entonces apelé a mi último recurso de defensa personal. Como siempre andaba con las uñas largas más de tres centímetros, le descargué un ataque felino muy parecido al de Edward, el joven manos de tijera trasquilando furioso los jardines.

Obligué a retroceder a mi atacante aterrado, mientras lanzaba alaridos al verse la camisa blanca manchada de rojo.

Corrí como nunca lo había hecho en mi corta vida y no me detuve hasta sentirme seguro bajo las patas del catre viejo donde dormía con mi padre.

Para no hacerles tan largo el cuento, les diré que terminé por sacarme los pedacitos de carne debajo de las uñas con una de las agujas con que mi papá costuraba los ruedos de los pantalones.

Confieso que en los siguientes días ni buen sabor le sentía a las tortillas pensando en la venganza de Piru. ¡No quería ni imaginarla. Sin dudas sería satánica!

Yo había sufrido golpes, insultos y humillaciones desde que empezamos a caminar, porque él y yo éramos vecinos, y por lo tanto, también enemigos íntimos.

Pero resulta que, a partir de arañarle la cara a semejante mastodonte, nos hicimos los mejores amigos del mundo.

Es más, de allí en adelante, cuando algún niño de los más grandes quería buscar pleito conmigo, era Piru quien me defendía.

Al fin y al cabo, ya éramos los mejores, de los mejores amigos.

El diablo

Marcos iba casi volando por el centro del camino. Quería regresar cuanto antes con la leña que le había encargado su madre para cocer los frijoles y el maíz para las tortillas del siguiente día.

Además de la tormenta que amenazaba con barrer el horizonte, los campesinos comentaban que al caer la noche sobre el margen del río Aguán, aparecía un extraño animal, que según aseguraban los viejos del pueblo mientras se santiguaban, era el mismísimo diablo.

Así que llevaba un machete despalmado en la mano derecha y con la izquierda apretaba con fervor un escapulario heredado de su abuela, como protección. Al mismo tiempo silbaba una vieja ranchera de Vicente Fernández para darse ánimo.

Caminaba rápido, pero cabizbajo. Las alas del sombrero no le permitían ver por completo el entorno del paisaje.

De pronto, a la vuelta del camino, vio algo que avanzaba con dificultad entre la sombra de los árboles. Por un momento pensó que se trataba de un burro pastando o algo parecido. Pero no. Aquello era algo distinto.

De inmediato, quedó paralizado porque definitivamente esa figura, fuera lo que fuera, venía caminado con determinación hacía él.

A pesar que la oscuridad ya comenzaba a difuminar el paisaje, Marcos pudo ver que la figura era alta y musculosa. No tenía brazos. Se notaba una mancha oscura, como de sangre, en el pecho.

Lo que más lo aterrorizó fue comprobar que arriba de todo resaltaban un par de cachos espeluznantes que venían sacándole chispas al cielo.

—¡Dios mío el diablo! —gritó con todas las fuerzas que le permitieron sus pulmones.

Pero de su boca no salió ni una sola palabra. Era como si una mano invisible le apretara el gañote cortándole de golpe el aliento.

Intentó correr, pero sus pies eran ahora de plomo o de cemento.

Subyugado por una fuerza sobrenatural, se quedó prácticamente congelado en el centro del camino, mientras el demonio se acercaba decidido.

Repentinamente, sin saber cómo, empezó a balbucear 10 avemarías y 14 padrenuestros aprendidos en las misas de domingo.

Por un instante, con ese sencillo acto de fe, se sintió protegido.

Sin embargo, un escalofrío inesperado empezó a subir como una culebra temblorosa por el dedo pequeño del pie derecho. Luego pasó de la pantorrilla a la rodilla. Después ascendió por la espina dorsal. Y, a pesar del esfuerzo por controlarlo, el temblor se le regó por todo el cuerpo, incluso hasta en la nariz y en las orejas. A tal grado, que debido al movimiento incontrolable de sus brazos, el machete y el escapulario resbalaron de sus manos.

Se sintió indefenso.

«Padre nuestro que estás en los cielos...» rezaba una y otra vez. «Padre nuestro que...» pero el diablo se acercaba más y más.

Estaba cerca, muy cerca.

Casi podía escuchar su respiración agitada. Con absoluta repugnancia podía husmear en el aire, el vaho desagradable que emanaba la sangre coagulada, que le produjo unas ganas terribles de vomitar.

«Padre nuestro que estás en los cielos» repetía y repetía. «Padre nuestro que...».

Todo era en vano.

Estaba seguro que, de un momento a otro, iba a enloquecer por la presión que ejercía la impresión en su cerebro. O que el corazón se le iba a detener como un reloj golpeado por un mazo...

Entretanto, el cornudo ya estaba a menos de dos pasos.

—¡Dios mío —repetía—. Dios mío…

La lucha entre el bien y el mal era intensa. No podía más. Estaba a punto de desfallecer.

Justamente, cuando la figura se paró frente a él, se dio cuenta que el supuesto diablo no era más que su vecino Rafael, quien como un Robin Hood contemporáneo, se había robado otra vaca de los hacendados, para que comieran carne de nuevo todos los vecinos.

Le había cortado la cabeza, que era su parte favorita, y se la había colocado sobre la nuca para cargarla mejor, razón por la cual llevaba el pecho bañado en sangre, por lo que no se le miraban los brazos.

Y lógico, al llevar la cabeza de la bestia sacrificada prácticamente sobre la suya, lo que más sobresalía hacía arriba eran los dos cuernos puntiagudos.

El ladrón vio a Marcos inmóvil, pálido y tembloroso. Se detuvo un momento junto a él. Agarró su pesada carga por los cuernos. La levantó lo suficiente como para verlo mejor y con la voz entrecortada por el cansancio le gritó:

—No jodas, ¿y qué haces allí parado? Apúrate, que si no, no vas a alcanzar carne.

Y siguió su camino.

El descuido

Es innegable que todo cambia.

Hoy entré en una peluquería «dizque moderna», de ésas con televisores *HD* en las cuatro esquinas del techo, cámaras de vigilancia en los parqueos, donde se utiliza el reggaetón para llamar a los clientes a su particular espacio, repleta de revistas *Vanidades*. Donde las fotografías de los modelos, que están pegadas en las paredes, muestran unos cortes raros en forma de jeroglíficos, muy parecidos a los símbolos que dejan los supuestos platillos voladores sobre los campos y trigales alrededor del mundo.

Fue algo rápido.

En menos de tres minutos (quizá debido a mi escaso pelo) ya me había dejado listo para la foto. Mientras el peluquero pasaba con rapidez la maquinita eléctrica sobre mis pelos parados, yo me puse a pensar en enormes diferencias.

En mi infancia, las peluquerías de mi pueblo eran pequeñas, con un espejo grande al frente de una tosca silla de madera, que no giraba por cierto. En uno de los brazos de la silla, estaba clavada una banda de cuero en la que el barbero deslizaba magistralmente la hoja de afeitar, con una rapidez asombrosa, hasta que la navaja sometida a tanta fricción brillaba como un pedazo de espejo expuesta a la luz del mediodía.

Y como en ese entonces no habían televisores, MP3, ni efecto Pandora, para entretener al cliente, el barbero tenía que hacer gala de su elocuencia recurriendo a todo clase de relatos o chismes, incluyendo noticias políticas, notas de fútbol y en fin…

Eran por lo menos dos horas de puro entretenimiento verbal, en las que el pelado se veía obligado a soportar aquel atropello de palabras sin caer en el sueño.

En una ocasión, un hombre entró a la modesta peluquería de don Beto y luego de explicarle cómo quería el corte de barba y pelo, se acomodó en la silla, mientras miraba con mucha curiosidad el objeto redondo que el anciano sostenía frente a sus ojos. Era indudablemente una semilla de coyol.

—Abre la boca hijo —dijo el maestro.

—Pero, ¿y eso don Beto —preguntó el cliente extrañado.

—Ahhh, te explico hijo. Mirá, vos te metés el coyol a la boca, y cuando yo te diga coyol a la derecha, entonces te pasas el coyol al cachete derecho para que se te abulte y así podré afeitarte ese lado sin problemas.

—Luego te voy a decir, coyol a la izquierda, vos te pasas la semilla al otro cachete y así poco a poco te voy raspando el pelo. ¿Me entendés?

—Si claro, don Beto, como usted diga —repuso el hombre un tanto extrañado.

Entonces el octogenario soltó una sarta de historias mientras manejaba con absoluta precisión lentamente las tijeras.

Empezó primero por la leyenda de la carreta sin caballo que aparecía en la salida de Sabanetas. Luego, que Brasil era el mejor equipo de fútbol del mundo. Después, que los muchachos ya no sabían enamorar a las muchachas como en sus tiempo. Que el tomate era bueno para la digestión, y la cebolla era rica en el encurtido, pero mala a medianoche, porque producía pedorreas. Y que la semana pasada un cliente había dejado olvidada la cartera sobre la mesa, pero que adentro no había ni un peso sino una carta de amor, en la que el enamorado le juraba amor eterno a su novia, a pesar de que ella había salido preñada de otro pendejo... En fin...

Después de casi dos horas, el pelado despertó sobresaltado por el roce de unas manos suaves que le sacudían los hombros.

Abrió los ojos con pesadez, y cuando volvió a la realidad, lo primero que hizo, todavía sin levantarse de la silla, fue disculparse con su barbero.

111

—Qué pena con usted don Beto —dijo, al tiempo que bajaba los ojos muy avergonzado.

— ¿Cuál es el problema hijo?

—Es que no ve don Beto que, como me dormí, me trague el coyol.

—¡Aaaah es eso! —le contestó el anciano, esbozando una sonrisa más de complicidad que comprensiva.

—No te preocupes hijo, mañana me lo traes. Eso a varios les ha pasado.

La bendición

Una noche, cerca a la navidad, todos llorábamos alrededor de la vela que ya estaba a punto de consumirse por completo.

Todos llorábamos excepto mi madre, quien permanecía en silencio balanceándose lentamente en la silla mecedora, mientras acurrucaba en su regazo mi cuerpo de renacuajo escuálido.

La luz mortecina le cedía cada vez más espacio a la oscuridad que, como boca de lobo, estaba a punto de tragarse el cuartucho de un momento a otro.

El viento frio, que se filtraba por las paredes desvencijadas, hacía que la llama se inclinara hacia un lado, por lo que el borde expuesto a contra fuego, se derretía rápidamente. Provocaba un chorro de cera, que al tocar la madera se cuajaba de inmediato, como un mal presagio, que borraba todo signo de esperanza.

Llorábamos por hambre.

En especial yo, que apenas tenía cuatro meses de nacido, pues los senos flácidos, ajustados como un parche de látex a las costillas de mi madre, apenas producían unas cuantas gotas de leche, que no daban abasto para mi boca siempre abierta.

En ese tiempo, mi madre era todo: el pan, la moneda, la tortilla, la aguja que todos los días remendaba, con resignación, los agujeros de las camisas.

Mi padre era una historia aparte.

Mi madre tenía que lavar ajeno para poder sobrellevar los gastos de la familia.

Lo poco que ganaba, después de enjuagar y retorcer enormes bultos de ropa en el río, con jornadas de hasta 12 y 14 horas diarias, siete días a la semana, apenas alcanzaba para hacer milagros.

Sin contar las monedas que se veía obligada a darle a mi padre para que mejor se fuera a tomar a las cantinas, a cambio de que nos dejara tranquilos. Ya que, cuando llegaba tambaleante, no tenía reparos en insultar o pegarle su buena trompada a quien se apareciera primero en su camino.

En más de una ocasión, a media noche nos saco de la casa a punta de machete con el pretexto que no lo dejábamos dormir tranquilo. En especial yo, que a medianoche siempre berreaba, hambriento como un corderito.

Ella tenía que buscar la forma de mantenerlo tranquilo para que él no tomara represalias contra nosotros.

Hacía dos días no había nada que comer. Ni siquiera tortilla con sal, que de costumbre en la casa era el menú principal. Todos llorábamos desconsolados, incluso mi madre, quien era de hierro. Trataba de aguantarse pero, según mi hermano, se notaba claramente cómo en el reflejo en sus pupilas marchitas, se divisaban los indicios de una tormenta.

Era aproximadamente las ocho de la noche cuando mi hermano mayor gritó.

—¡Mami, mami, mire allá arriba!

De inmediato todos alzaron la vista hacia el punto donde señalaba Rubén con el dedo.

Entonces vieron un pequeño bultito moviéndose con dificultad sobre una de las vigas del cuarto.

Era extraño. Parecía como un animalito deforme, pues en la semioscuridad, la parte delantera se veía más grande que la parte de atrás, como si fuera un elefantito caminando de retroceso.

La figurita se movía por las vigas de los costados. Daba un par de pasos, luego miraba hacia abajo, midiendo la altura que lo separaba del piso de tierra. Después caminaba y volvía a parar de golpe, haciendo que su sombra, en contraste con la escasa luz, se agigantara o achicara de forma fantasmagórica en el techo.

De pronto, la cosa dio un giro inesperado y empezó a andar por la viga central del cuarto. Justamente cuando iba por el centro de la mesa, dejó caer al lado de la vela, algo pesado que rebotó con un sonido seco, semejante al eco de un pájaro sacado de gravedad por un disparo.

En el acto, siete pares de ojos se clavaron en el objeto extraño, menos los míos, pues yo seguía obsesionado con uno de los pezones resecos de mi madre.

Ante la sorpresa de todos, el extraño objeto caído del techo era nada más y nada menos que un grueso rollo de billetes de a cien pesos.

En esos días, un billete de a cien pesos era un cifra inimaginable para un menesteroso. Y allí, debían haber por lo menos 3,500 por lo que mi madre tomó aquello como una bendición del cielo. Se persignó tres veces, dando gracias a Dios por su bondad y amor infinito.

De inmediato, con manos temblorosas, empezó hacer cálculos para comprar sacos de arroz y frijoles para uno o dos años; o tal vez para más.

Y comprar ropa decente y una cuna para mí.

Y un árbol con luces y muchos regalos.

Y las matrículas en una escuela, tal vez hasta bilingüe.

Y poner un negocito en el centro de la ciudad.

Y comprar una casita pequeña (o mejor una grande), con un jardín enfrente y una piscina. Y una cocina enorme. Y una biblioteca con paredes blancas, para no seguir rentando esa pocilga donde vivíamos desde que se juntara con mi padre.

Siguió soñando y soñando, hasta que sus dedos, desgastados por el jabón y el cloro, terminaron de desenvolver el rollo por completo.

Entonces se dio cuenta que la rata se había comido todos los billetes a la mitad. De los 3,500 no se podía sacar ni un solo billete bueno.

Allí, según me contara mi hermano muchos años después, mi madre empezó a llorar desconsolada (aunque era de hierro como dije) al mismo tiempo que la vela se apagaba lentamente.

Round Trip

Cuando se esparció el rumor que tenía VIH nadie creyó que los chismes fueran ciertos. Era difícil creer que un joven de tan buen semblante estuviera al borde de la muerte.

Se veía completamente saludable. Es más, sus pómulos delineados con suavidad le daban la apariencia de un adolecente, a pesar de sus 25 años. Su estado de ánimo era perfecto, siempre estaba sonriendo.

Sin embargo, con los días empezó a decaer físicamente.

Algunas de las bromas más crueles de los niños del barrio, comparaban la fragilidad de su cuello con el grosor de un lápiz carbón. Su pescuezo, antes hinchado de venas, ahora era tan delgado que apenas sostenía su cabeza. Daba la impresión que en cualquier momento rodaría por el suelo, como la cabeza de un samurái herido en combate.

Hamed murió un día cualquiera.

Cuando los gritos de la madre sacudieron las paredes de cartón que dividían la casucha a la mitad, todas las mujeres del barrio, que ya estaban reunidas bajo un palo de acacias pelando las gallinas, y preparando el café para el velorio anticipado, invadieron la pequeña habitación.

Durante un buen rato intentaron, por todos los medios, de separar a la mujer que se aferraba con desesperación al cadáver de su hijo. Fue inútil. No lo consiguieron. Todas comprendieron su posición. Era único hijo y por tanto, el dolor era más profundo.

De pronto, después de dos horas de lamentos ininterrumpidos ante el cadáver momificado, el muerto apretó con suavidad el brazo de su madre, que debido al cansancio había quedado derrumbada en el borde de la cama.

La señora, en el acto, quedó paralizada sin saber qué hacer ni qué decir, al sentir el roce tierno de aquella mano esquelética y fría que tanto amaba.

Abrió la boca en señal de asombro. Devolvió la caricia con todo el amor que se pueda imaginar y suspiró agradecida ante aquel milagro.

Fue un momento eterno, mágico, maravilloso. Parecía como si ambos hubieran entrado en otra dimensión, donde el tiempo no avanzaba y donde solo eran ellos dos sonriendo abrazados, mientras volaban hasta el horizonte repleto de pájaros y arcoíris.

Ella sonreía con inimaginable ternura y le daba besos en la frente. Se ponía la mano en la mejilla húmeda, como para sentir el suave flujo de vida que proyectaba aquel cuerpo decrépito.

La mujer siguió, metida en ese estado de trance, hasta que la voz suplicante de su hijo la hizo volver de golpe a la realidad.

—Mami sóbame los pies por favor, que anduve caminando y estoy muy cansado.

La madre sintió que el corazón le daba un vuelco y se le anudaba como mala hierba en el pecho.

¿Cómo iba a caminar, si todo el tiempo había permanecido quieto? Además, ya desde muchos meses atrás, no tenía fuerzas ni para ir al baño.

—Pero hijo... —y no pudo decir más porque comenzó a llorar.

—No mami, no llores, porque me mojas las alas y no me puedo ir.

Luego el cuerpo quedo totalmente inmóvil y esta vez no volvió a despertar.

El sicario

—¡Puta, maldita, puta!

Repetía en voz alta mientras buscaba la escopeta que estaba colgada en la pared junto a un machete envainado.

Cuando sintió el peso del arma en sus manos sonrió de manera siniestra y ciego de furia salió de la cocina.

—Tanto tiempo, tanto tiempo aguantando a esta puta —repetía, mientras avanzada con paso firme entre una hilera de árboles frutales.

Con absoluta determinación, se paró tras la víctima que en ese momento estaba distraída, buscó la mejor posición y con inmenso placer descubrió que no le temblaba el pulso.

En realidad hacía mucho tiempo lo venía pensando. En cierta forma, le resultaría natural hacerlo.

Total, solo sería un simple disparo en medio de la oscuridad y listo. No habría ni un solo testigo.

Ya le había advertido:

—Amárrela, amárrela, que todas las noches viene a mi casa y me desbarata todo.

Ella siempre estaba puntual. Llegaba aplastando tanto la yuca como los tomates y los brotes nuevos del jardín.

El hombre apuntó y sin ningún tipo de remordimiento, disparó.

La explosión se escucho ahogada, húmeda, como cuando se destapa una botella de vino.

En un rápido movimiento de sus pupilas, y ayudado por la luz de la luna, el homicida alcanzo a ver el reflejo de los choros amarillos que iba desgarrando el viento con asombrosa precisión. Como si fueran dos flechas liquidas volando directamente hacia su objetivo.

Hasta entonces cayó en cuenta que la escopeta había permanecido tanto tiempo colgada en el mismo lugar, que las abejas habían fabricado colmenas adentro de los cañones.

Esa noche Miguel solo pudo embarrar a la vaca de su vecino con miel.

La luz no es 'free' para todos

El invierno fue tan espantoso que, por las noches, las casas permanecían totalmente a oscuras.

Para alumbrase, los desposeídos atrapaban luciérnagas y las metían dentro de pequeños recipientes de cristal. De esta manera, la luz se hacía en medio de las tinieblas.

Una noche, la reina (a pesar de estar rodeada de antorchas y miles de candelabros de oro y plata) le ordenó al rey que mandara a quitar todas las luciérnagas de sus súbitos. Ella quería sentir el mismo regocijo de los campesinos, cuando llegado el crepúsculo, se reunían con sus hijos dentro de las casuchas, para ver fascinados los destellos fosforescentes de aquel diminuto invertebrado, que por las noches les alegraba la vida.

Una sola palabra del rey dejó sumido en una terrible oscuridad a todo el reino.

Pero, al día siguiente, cuál no sería su sorpresa al descubrir que de tanto ver el reflejo de las luciérnagas la noche anterior, la reina había quedado ciega.

¡Qué hermoso fuera si la justicia divina funcionara así!

Hace mucho nos cortaron la energía eléctrica porque debíamos 29 lempiras que traducidos en dólares serían poco menos de dos dólares. Curiosamente, ese mismo año en mi país, se habló de sumas astronómicas sin pagar por parte de algunos inconscientes. Y como el gobierno no podía dejar a oscuras a tanta gente de la alta alcurnia, simplemente no le quedó más remedio que condonarles la deuda.

Cuando obtenga la Green Card

Voy a quitarme la camisa y los zapatos.

Luego voy a arremangarme el pantalón.

Después voy a entrar en los charcos con la misma fluidez de mis escasos siete años.

Y entonces, volveré a jugar a los piratas con los barquitos de papel que saldrán flotando de las hojas de mi cuaderno.

Ese día por fin, estaré de nuevo en mi pueblo.

Tiro al blanco

Si viviera en Chicago, por ejemplo, seguro lo hubieran diagnosticado con algún tipo de término: esquizofrenia, trastorno compulsivo, etc. Pero allá en mi pueblo simplemente es el loquito del barrio.

En realidad él era un muchacho normal. Fue simplemente que un suceso inesperado le cambió la vida por completo.

Le ocurrió cuando lo encontró una mañana en un callejón sosteniendo un monólogo tanto incomprensible como interminable.

Contrario a los animales de su especie, éste no era agresivo y desde el primer momento, se le trepó en el dedo con toda naturalidad, como si de siempre le hubiera pertenecido.

Por el vecino, un maestro jubilado, supo que era capaz de hablar inglés y portugués.

Lo mejor era que el lorito parecía tener una especie de inteligencia avanzada. Cuando pasaba alguna chica bonita frente a la casa, se ponía a cantar desesperado mientras bailaba de un lado al otro de las ramas del árbol frondoso: «good bye love lorito…muito bela lorito, muito bela lorito».

Él siempre fue un muchacho tímido, pero desde la aparición del lorito era el centro de atracción en el barrio.

Todas las tardes llevaba el animalito amaestrado al campo. Allí, desde su hombro derecho, mientras los chico pateaban la bola con los pies descalzos, el ave empezaba a dar gritos a los cuatro vientos, como si de verdad estuviera narrado el partido de fútbol: «Gol lorito, gol lorito…».

Fueron dos años maravillosos. Toda su vida giraba alrededor de su nuevo amiguito.

Por la mañana, cuando se iba a la escuela, lo subía a las ramas más altas del árbol. Por la tarde, cuando regresaba, el lorito volaba directamente hacia su dedo, nomás verlo cruzar el portón. Se sentía tan cómodo en su nuevo hogar que ni siquiera tuvo necesidad de recortarle las alas.

Hasta que a finales de mayo, justamente cuando los frutos del mango están amarillos y exquisitos, descendió de los cerros cercanos una bandada de loros silvestres dispuestos a arrasar los frutos maduros del árbol.

El muchacho loco de alegría, entró a la casa y con la misma velocidad que entró salió corriendo con un tirapiedras en la mano, dispuesto a derribar por lo menos uno de los hambrientos pajarracos.

Eran muchos, quizá demasiados. No podía herrar un solo tiro porque había más loros que hojas y mangos juntos.

Había escogido la piedra más redonda que encontró en su bolsón escolar, por lo que calculaba que el tiro debía ser exacto.

Ni siquiera se molestó en apuntar. Solo estiró la honda hasta donde sus fuerzas se lo permitieron y soltó la piedra.

Cuando escuchó el golpe seco impactando uno de los plumíferos, lanzó un grito triunfal. Sabía sin lugar a dudas que había dado en el blanco. Sin embargo, su grito fue minúsculo comparado con el alboroto de los cientos y miles de los loros que salieron disparados como perdigones contra el fondo azul del cielo.

Al muchacho le bastó echar una mirada rápida para descubrir que su objetivo colgaba de una ramita sostenido apenas por una uñita.

Su corazón le rebotaba de alegría, como una pelota de basquetbol entre las costillas, pero... ¿Dónde estaba su lorito?

Esperó por largo tiempo a que el pájaro cayera a tierra, pero el ave solo se balanceaba prendida de la uñita.

Por un momento estuvo tentado a tirar otra piedra para terminar de derribarlo, pero ya para entonces una angustia extraña le oprimía el pecho.

¿Sería posible?

De pronto, una ráfaga de viento pasó sacudiendo las ramas. Sí... efectivamente, le había pegado la piedra a su lorito.

Desde entonces, después de muchos remedios caseros para los nervios, y después de tantos y tantos años, aún rompe con facilidad en llanto cuando alguien de pura maldad le recuerda la historia del lorito.

Si viviera en Chicago, por ejemplo, seguro lo hubieran diagnosticado con algún tipo de término: esquizofrenia, trastorno compulsivo, etc. Pero allá en mi pueblo es simplemente el loquito del barrio.

La radiografía

—No señor, ya le dije que no le estoy mintiendo, de verdad, ¡le queda muy bien!

Me aseguró la vendedora, quien por cierto además de cara bonita era una muchacha de curvas muy atractivas.

—Oiga, si hasta le combina con el color de los ojos—. Y mientras decía esto, me miraba con malicia de arriba abajo como calculando con certeza: «clase de guajiro éste cojones».

—Hágale, lléveselo, no se va arrepentir —insistió. Y al sonreír dejaba entrever un hilera perfecta de dientes blancos que en contraste con sus labios carnosos, daban la ligera impresión de una boca surrealista dibujada a la perfección sobre un rostro hermoso.

La imagen no podía ser más patética, un ángel intentando venderle un traje a un pobre poeta.

Así que a pesar del precio, que me pareció demasiado elevado, lo compré.

Debo reconocer que lo compré motivado más por la persuasión visual de la blusa ceñida a los pezones de la joven colombiana, que al autoconvencimiento de que mi figura desgarbada pudiera proyectar un refinado toque de distinción… o de elegancia, el día de la presentación en la feria del libro.

Ya en el apartamento, con la navaja con que lo mismo rebano el queso salvadoreño, o el pan cubano, corté las dos etiquetas de Ross. Me lo puse de una vez por todas, para ensayar una que otra pose. Mientras giraba como un pavo real, fantaseando de un lado a otro frente al espejo, me acordé de algo ocurrido hace mucho tiempo…

—Vos también sos un sinvergüenza, igualito que tu tata, jodido.

Me escupió el tipo en la cara.

Creo que me hubiera causado menos estragos un puñetazo en la mejilla y aunque allí mismo le pusiera la otra, que tan desconsiderado insulto y sin merecerlo. Después de todo, ¿Qué culpa tenía yo?

El ofendido tenía varios días de estar yendo a reclamar con una pistola atravesada en la cintura porque, según él, unos días atrás le había dado un corte a mi papá para que le hiciera un pantalón para la boda de su hija.

Aunque mi papá era conocido en todos los rincones donde fuera por borracho, también era famoso por ser el mejor sastre del pueblo, oficio que conllevaba ciertos riesgos (al menos para nosotros).

Cuando él no tenía para beber, simplemente se llevaba los cortes de los clientes y los cambiaba en la cantina por uno o dos tragos de guaro, sin importarle las consecuencias de sus actos.

Después de tan desagradable situación, entré llorando a la casa. Revoloteando durante un buen rato entre retazos de telas de diferentes colores y alguno que otro periódico viejo, salí con el primer corte que encontré intacto bajo el revoltijo de la máquina de costura.

—¿Y éste es su corte, pues? —le pregunté con inocencia.

—Déjame ver —dijo él, acercándose con malicia. Cuando el corte ya estaba justo al alcance de sus manos, me lo arrebató con una fuerza tan excesiva que terminó doblándome el dedo gordo hacia atrás. Me hizo gritar. Cuando el salvaje vio mi reacción infantil, soltó una tremenda carcajada.

Con una voz ácida, entremezcla de odio y burla, me remató:

—No, éste no es mi corte, pero hasta que ese borracho no me devuelva el mío, me voy a quedar con él. ¿Me oíste pendejito?

Se alejó con pasos agigantados por el mismo rumbo por donde había venido. Yo quedé llorando arrimado en el pórtico de la puerta mientras me sobaba el dedo lesionado. Pero con esa agradable sensación en el pecho de haber salvado, por lo menos en esa ocasión, el honor de la familia.

Mi hermana María terminó inmovilizándome la falange con dos astillas de madera y un pedazo de trapo verde, que le sirvió para reforzar el vendaje mal improvisado.

Aunque el dedo me dolía bastante, todo hubiera resultado perfecto para mí si no hubiera sido porque mi hermano me había prometido comprarme un corte, para que mi papá me hiciera un pantalón, porque el único que tenía parecía una radiografía.

No exagero. Estaba tan gastado, que a contra luz hasta las bolas se me veían, porque en ese tiempo ni para comprar calzoncillos nos alcanzaba la economía.

Por la tarde, cuando mi hermano regresó del taller de carpintería donde trabajaba, botando el serrín de las maquinarias, después de revisarme el dedo, que ya presentaba la malformación de un dedo fracturado, le conté orgulloso todo lo sucedido.

Para mi desgracia, cuando me preguntó de qué color era el corte que se había llevado el hijueputa ese, yo, sacando el pecho, le contesté más feliz que un perro de siete colas:

—¡Azul marino!

Allí me di cuenta de mi tremendo error.

—¡Ayayay Carlín ¿qué hiciste?! ¡Ese corte era el que yo te había comprado para que te hicieran el pantalón nuevo!

Ni modo. Me tocó seguir usando el mismo atuendo durante mucho tiempo, hasta que en uno de los recreos, jugando al fútbol en el patio de la escuela, en un esfuerzo supremo por alcanzar la pelota de caucho, estiré demasiado las piernas.

Justo allí, ante la mirada incrédula de mi maestra, compañeros y compañeras, el pantalón se desgarró de arriba abajo, dejándome como Tarzán en medio de la selva.

El concierto

Esta metrópolis tiene su encanto. Confieso que me gusta a tal punto, que no cambiaría Miami por ninguna ciudad del mundo.

Excepto los domingos cuando voy por las tardes a caminar al *downtown*.

Las calles como Flagler y Brickell Avenue están tan solitarias como supongo debería estar una base militar en Saturno.

Sin embargo, esa incómoda soledad, que prevalece en los *weekends*, no es nada comparada con la esquina del taller de mi pueblo, después que José Alberto renunciara al amor de su vida por un simple desacuerdo.

Siempre la esperaba apoyado en el muro de color indefinible, a causa de la grasa de los motores, y los grafitis retorcidos de los vándalos.

Se quitaba el overol. Luego se alisaba el pelo con la gelatina moco de gorila, prendía un cigarro y ya para las cinco de la tarde, ella aparecía doblando la esquina del taller.

Sostenía los cuadernos bajo el brazo izquierdo, a la vez que con la mano derecha sujetaba una sombrilla para protegerse tanto del sol como de la lluvia.

Ella y la sombrilla eran inseparables.

En cuanto la veía aparecer, el mecánico tiraba el cigarro arriba de la paila de la troca Silverado, que alguna vez había traído de los Estados Unidos. Trataba de adoptar la mejor posición de gigoló americano, apoyando un pie en el muro para llamar la atención de la joven universitaria.

Tenía dos años de hacer lo mismo.

A pesar de toda negativa, nunca perdió la esperanza de lograr su objetivo. Siempre tuvo la certeza que, tarde o temprano, vería realizado el sueño de poder siquiera caminar a su lado.

Un día, como siempre…

—¿La acompaño Martita?

Martita, tímida por naturaleza, bajó la mirada para que él no viera el rubor de sus mejillas. Y con su voz de agua cristalina, corriendo abajo, le contestó de improvisto:

—Bueno, si usted quiere.

Durante un buen rato caminaron en silencio. Él suspiraba y ella se ruborizaba más todavía.

Le ofreció un dulce con sabor a miel silvestre. Él arrancó una flor que sobresalía del jardín de un vecina y se la puso con suavidad entre los dedos blancos y delicados, como pétalos de orquídeas.

Todo ocurrió en silencio. Quizá ninguno de los dos sentía la necesidad de articular palabra. Después de tanto tiempo de miradas y gestos de complicidad, se consideraban ya algo más que una pareja.

De pronto…

—José Alberto, ¿sabe qué? Lo invito el domingo para que venga a la iglesia. Van a dar un concierto. De paso, usted puede conocer a mi mamá y hablar con ella.

Bajo ninguna circunstancia era partidario de las cosas celestiales, pero ésa era una oportunidad única. Aceptó encantado.

Sin embargo, por las dudas, convenció a Rudy, su mejor amigo, para que lo acompañara al concierto, no fuera que las cosas no salieran como él pensaba.

El domingo, a las cinco de tarde, llegaron puntuales.

En el evento, cada participante llevaba escrita una canción de su puño y letra dedicada a la honra y gloria del Señor. Luego la cantaba a capela sobre el improvisado escenario.

La lista de participantes era interminable.

Cuando iban por el número 480, ya José Alberto estaba desesperado. Las voces de los cantantes, más que solistas, parecían coyotes asmáticos.

De repente, el animador llamó a la hermana Ángela al escenario. Subió una señora embutida en un vestido blanco, que a los primeros gritos, parecía una gallina, un gato y un perro peleándose dentro de un costal.

José Alberto, muy molesto porque Martita ni siquiera se dejaba rozar el borde de la mano, que tenía sobre el respaldo del asiento, soltó de golpe la siguiente observación:

—Umm y para qué meten a cantar a esa vieja gorda que ni gracia tiene. ¿Verdad usted? —preguntó, al tiempo que miraba a Martita.

—No sé —dijo ella, con la mirada perdida en el escenario—. Para mí canta bonito… es que ella es mi mamá.

De inmediato hubo un silencio tan amplio que José Alberto podía escuchar el sonido de su sangre. Sus huesos traqueteaban unos contra otros a causa de la vergüenza.

Fue un momento eterno, en el que ninguno de los tres se atrevía ni siquiera a respirar. Rudy, tratando de ayudar a su amigo, porque después de todo para eso lo había acompañado, dijo con su voz de niño viejo:

—Ella canta bonito, la letra de la canción es la que está fea.

—Sí —afirmó Martita—. Es que la letra la escribió mi papá.

Cuando Martita se levantó para ir a felicitar a su madre, los dos amigos aprovecharon el momento para salir corriendo del concierto.

Desde entonces, la esquina del taller quedó vacía para siempre.

Excepto los domingos, cuando yo recorro las calles del *downtown*…

Entonces, José Alberto vuelve apoyar el pie en el muro y Martita vuelve a sostener sus cuadernos bajo el brazo.

I'll Be Back

Yo difiero en eso de que todos somos iguales.

Cierto, ocupamos el mismo espíritu y un cuerpo, pero esas similitudes no son suficiente argumento para sacar parentescos universales.

Me atrevo a asegurar, sin temor a equivocarme, que ni estando muertos somos iguales. Al menos no tenemos el mismo precio.

Tomo como punto de partida el último estirón. O el último aliento, como se suele llamar a ese momento cuando se va el alma del cuerpo. En tal estado de rígor mortis se supone deberíamos ser idénticos.

Acá, después que salen del crematorio, las cenizas son depositadas en recipientes pequeños, en forma de cofres o vasijas antiguas, que nada tienen que ver con los tablones de pino con los que se fabrican los ataúdes allá en mi pueblo.

Cuando yo trabajaba como carpintero en mi país, un hombre entró en el taller empapado de agua y gritó desde el umbral de la puerta:

—Oiga, quiero que me hagan un ataúd ahorita mismo.

Mi jefe se lo quedó viendo un tanto desconcertado y le preguntó:

—¿Pero ahorita mismo?

—Sí, ahorita mismo —repitió el tipo con urgencia—. Se acaba de morir uno de mis trabajadores en la finca y necesito sembrarlo ahorita mismo. Eso sí, quiero que el ataúd sea de la madera más barata que encuentre por allí, ¿me oyó?

Mi jefe se encogió de hombros. Cogió cuatro tablones podridos que estaban tirados en un rincón y le preguntó de nuevo:

—Pero, ¿y las medidas?

El hacendado hizo un par de señas con los brazos, extendiéndolos de arriba abajo y hacia los lados, como dando a conocer la dimensión del muerto.

—Así y así.

Mi jefe sonrió con algo de recelo y le recalcó:

—No hombre, tienen que ser medidas exactas ¿Qué tal si después no le cabe el muerto?

El hombre saco un paquete de Marlboro que le mandara su hijo desde Washington, encendió un cigarro, y dijo con un tono tranquilo:

—Aaah, pues si ya terminado el cajón no cabe dentro, entonces le recortamos las uñas de las patas a ese jodido…

Volvamos a los rituales fúnebres de los Estados Unidos.

Una enorme caravana, encabezada por una reluciente limosina, por lo general negra y con vidrios polarizados, se abre paso por la ciudad. Va guiada por dos policías motorizados, que con mucha anterioridad y efectividad, van despejando el tráfico más adelante.

En mi pueblo no es así.

Allá primero los dolientes cargaban el ataúd y se lo iban pasando de hombro a hombro entre amigos y vecinos. Las mujeres llevaban coronas de flores almidonadas mientras entonaban salmos entre lamentos y desmayos, según los méritos del difunto.

A mí, el protocolo de incineración que existe acá para mandar los descarnados al otro mundo, me parece magnífico y menos tétrico que Caronte empujando la barcaza sobre aguas pestilentes y oscuras.

Pero me pregunto, ¿qué pasaría si cuando queman al muerto aún está vivo?

Existe esa posibilidad.

Mientras cargar entero el cuerpo hasta su última morada, conllevaba una segunda oportunidad, en caso de que ocurra algo inesperado.

Olanchito, como ya les dije, está lleno de poetas. Desde que el difunto salía de la iglesia, de esquina en esquina, se turnaban los rimadores para darle la despedida al marchante de lo eterno.

En una esquina, uno poetizaba sobre su amistad limpia y clara como un río. En la siguiente, otro se refería con pasión a los hijos que dejaba en este mundo enraizados como árboles tremendos. Más allá, otro exaltaba las cualidades del muerto como hijo, padre y amigo. Y así, el entierro se volvía interminable.

Eso fue lo que le valió a cierto poeta que iba una vez con rumbo al cementerio.

Pasaba garrapateando versos en la vieja máquina de escribir desde las cinco de la mañana hasta las diez de la noche.

No trabajaba. Su oficio era escribir.

No escribía para nada ni nadie, pero escribía a tiempo completo.

No trabajaba porque esperaba que del cielo le cayera la oportunidad de poder vivir de las letras.

Además no tenía necesidad de salir a buscar trabajo, porque había logrado convencer a su mujer de que él era un gran poeta. Por lo tanto, era ella quien sostenía los gastos de la casa. Echaba tortillas en un viejo fogón, para luego venderlas en el mercado con mucho orgullo. Era un verdadero privilegio para ella saber que entre tanto poeta de la región, su marido era el mejor.

Nunca publicó un solo libro de poesía.

Sin embargo, la fama de poeta escribano se extendió tanto, que en cierta ocasión logró involucrarse con la mejor radio de noticias de la capital.

Una mañana, sin previo aviso, puso en cadena nacional a todo el país. Según él, tenía que dar una noticia exclusiva desde Olanchito.

Un jueves, a las 10:30 am, todos los hogares hondureños estaban sintonizando la radio en la misma frecuencia.

Había muchas especulaciones en torno a la noticia. Quizá un diluvio de iguanas había sepultado de una vez por todas a los habitantes de Olanchito. Quizá la compañía bananera Standard Fruit Company, después que envenenar los ríos y quemar sabanas sin contemplaciones, por fin había levantado operaciones dejando el valle en ruinas.

No obstante, la noticia que todos esperaban era que la supuesta iguana, que dormía entre el cerro y la iglesia, hubiera echado abajo todas las casa de un coletazo.

Había muchas expectativas sobre la tan esperada noticia. Tantas, que a la hora indicada todos los radioescuchas estaban ansiosos comiéndose las uñas y esperando la confirmación de sus sospechas.

Su sorpresa fue mayúscula cuando escucharon la voz del poeta corresponsal que, como encabezado de la noticia, recitó emocionado a través de las ondas sonoras:

—Bola de billar mata gallina…

Eso fue todo lo que alcanzó a decir. Inmediatamente lo sacaron del aire. Dos días después de conseguir lo que tanto anhelaba, perdió el tan prestigiado trabajo de reportero.

Y volvió a su rutina diaria de poeta aficionado.

A pesar de los fracasos y las burlas de sus paisanos, siempre tuvo buena salud y por lo tanto buen apetito.

Por las mañana, se despachaba 17 tortillas con 9 huevos de iguana encebollados y una jarra de café negro. A mediodía, no tenía remilgos en degustar una sopa de casco de burro o una mancuerna entera de patos con todo y patitos. En fin, su voracidad era tan inaudita, que un día después de comerse una olla de tamales de iguana, sazonados con aceite de coco, se murió sobre la máquina de escribir.

El suceso puso en duelo a todo el pueblo. Los poetas se pelearon entre sí, armados con piedras y garrotes, para poder acaparar la puerta de la cantina de Castejón y el cine Gardel, eran los mejores puestos de la pequeña plaza, que desde la noche anterior estaba atiborrada de gente curiosa.

La trifulca de patadas, escupidas, mordidas y mentadas de madre duró un buen rato. Todos querían ser el primero en exaltar a sus anchas la admiración que sentían por el mejor poeta que había existido en el pueblo.

El desfile comenzó temprano, a las 8 de la mañana y para las siete de la noche apenas iban llegando a la puerta del cementerio, debido a tantas paradas.

Entonces escucharon los golpes que venían del fondo del ataúd.

Sin duda, eran sonidos profundos que resaltaban en medio de los murmullos y se escuchaban como los cascos de una bestia atravesando un puente de madera.

Sin saber de donde, apareció de pronto alguien con un martillo y comenzó a sacar los clavos que mantenían la tapa fija en su sitio.

No pudo sacar el último clavo, porque el poeta abrió desde adentro la tapa de una patada.

Entre el desparpajo de viejas que se desmayaban sobre las coronas, los borrachos que rodaban por tierra, y a los niños que huían espantados por el camposanto, el poeta emergió del fondo del féretro como un Lázaro recién resucitado.

Los pocos valientes que se quedaron para ver la aparición pensaron que el poeta con su gran léxico, seguramente renovado, empezaría a describir el cielo, pues el momento lo ameritaba. Después de todo, esa clase de milagros solo ocurrieron en el Antiguo y Nuevo Testamentos.

Todos esperaban el momento en que el poeta metaforizara cómo era el reino de Dios y su justicia.

Esperaban que diría por ejemplo, que en el cielo las montañas nevadas estaban hechas con helado de vainilla. O que en el cielo hay dragones que escupen fuego, pero son tan inofensivos que se usan como simples encendedores. Tal vez que las ballenas tenían alas y colas de palomas. Volaban sin problema, y eran usadas como taxis aéreos (y gratuitos). O que todos hablaban el mismo lenguaje en la comunidad angelical, incluyendo plantas, animales y minerales, porque se comunicaban a través del pensamiento.

Cuál no sería su asombro, cuando el poeta abrió la boca y grito desesperado:

—Quiero hacer pupú.

Y dejo caer los pantalones al suelo.

Certeza

Tenía yo seis años cuando un anochecer escuché a un viejito apasionado que, bajo la influencia de litro y medio de guaro, y con los brazos abiertos como un reo de amor crucificado, le declamaba a una muchacha bonita que, con una minifalda blanca, pasaba por su lado:

«¡Amor, amor bello!

»Si tanto no queremos, si tanto nos amamos ¿por qué no nos damos el amor por donde meamos?».

Por eso lo mataron.

Primero, los familiares ofendidos lo corretearon varias cuadras igual que una jauría de perros persiguiendo un conejo.

Cuando por fin le dieron alcance en un callejón sin salida, oscuro y lleno de gatos y perros si dueño, le quebraron las piernas con un leño. Luego le amordazaron las manos hacia atrás, lo amarraron a un poste y con una pica de hielo oxidado le vaciaron un ojo.

Como el enamorado no paraba de maldecirlos, quisieron cortarle la lengua, pero el hombre desquebrajado aún tenía fuerzas para apretar la boca. Entonces, le obligaron a abrirla pegándole de nuevo con el leño en las rodillas. Cuando abrió la boca de par en par, ¡zas! la lengua cayó, retorciéndose sin control como una culebra en medio de la calle polvorienta.

No conformes, de un tajo le bajaron la cabeza, que salió rodando como una canica con pelo por la cuneta, hasta que se detuvo junto a una mata de lirios blancos. Todavía intentaba agarrar bocanadas de aire para sus pulmones imaginarios y el ojo intacto, pelado, estaba en estado de cíclope asustado.

Yo había leído, no sé dónde, que todo poeta está condenado a la muerte en cuanto nomás asoma la nariz en este mundo.

Quizá, algo de verdad hay en todo esto. El poeta de este relato murió despedazado en un barrio de mi pueblo. Entretanto, yo muero de impotencia intentando escribir un libro de cuentos en menos de mes y medio.

EL AUTOR

Carlos Escamilla (Honduras, 1972). Perteneció al grupo literario A la caza del duende. Ha publicado en varias revistas: *Aguan* (Honduras) *Mundo emprendedor* (Argentina) y *Baquiana* (EE.UU.) Ha ganado varios concursos tanto de poesía como narrativa. Ha publicado tres poemarios: *Silencio y espejo* (2007) *Colibríes o equilibrios* (2010) y *Abecedario de malos poetas* (2011). *Imaginarios* (2014) es su primer libro de narrativa. Actualmente reside en Miami.

Email: calinescamilla@hotmail.com